봄여름가을겨울

24절기

3학년 2학기 사회

3. 다양한 삶의 모습

   (2) 변화하는 전통 의례

   (3) 세계 여러 나라의 명절과 기념일

4학년 1학기 사회

1. 우리 지역의 자연환경과 생활 모습

   (2) 우리 지역의 자연환경

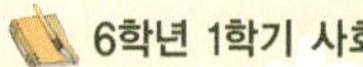
6학년 1학기 사회

1. 우리 국토의 모습과 생활

   (2) 기후와 우리 생활

   (3) 지형과 우리 생활

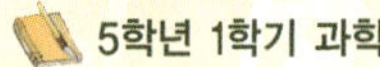
5학년 1학기 과학

1. 지구와 달

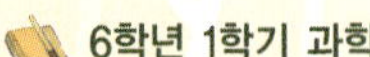
6학년 1학기 과학

3. 계절의 변화

봄 여름 가을 겨울 24절기

우리누리 글 ● 김미정 그림

주니어중앙

어린이가 꿈을 키우는 터전

꿈 많은 어린 시절엔 장대한 역사와 위대한 문화유산에 관한
책을 읽는 것이 좋다.
거기에는 어린이가 꿈을 키우는 터전이 있기 때문이다.
감수성 예민한 어린 시절엔 흥미로운 그림을 통하여
재미있게 이야기를 풀어간 책이 좋다.
그것은 시각적 인식을 통해 어린이의 상상력을 자극하기 때문이다.
『오십 빛깔 우리 것 우리 얘기』는 이런 필요조건을 갖춘
고급 어린이 교양도서라 할 만한 것이다.

유홍준
(전 문화재청장, 현 명지대 교수,
『나의 문화유산 답사기』 저자)

이 책을 추천해 주신 선생님들

● 전래놀이, 풍속과 관련된 수업에 활용하고 있습니다. 옛 풍속과 관련해서 요즘에는 잘 사용하지 않는 용어들이 있어서 아이들이 어려워하는데, 이 책에는 사진 자료와 함께 쉽고 정확하게 설명이 되어 있어 아이들이 이해하기 쉽게 되어 있습니다.
— 손영수 선생님(가사초등학교)

● 아이들이 우리의 전통문화를 쉽게 접할 수 있도록 도움을 주는 소중한 자료입니다. 우리 학교의 독서 퀴즈 대회에서 매년 사용하는 책이랍니다.
— 성주영 선생님(도당초등학교)

● 우리의 옛 풍습과 문화, 관혼상제 등에 대해 자세히 설명되어 있어 수업을 하기 전에 미리 읽어 오라고 하는 도서입니다.
— 전은경 선생님(용산초등학교)

● 우리의 문화와 역사를 초등학생들이 이해하기 쉽도록 재미있는 옛이야기로 풀어낸 점이 가장 마음에 듭니다. 초등 교과와 연계된 부분이 많아 학교 수업에 많이 활용하는 도서입니다.
— 한유자 선생님(삼일초등학교)

김임숙 선생님(팔달초)	조윤미 선생님(화양초)	이경혜 선생님(군포초)	염효경 선생님(지동초)
오재민 선생님(조원초)	박연희 선생님(우이초)	박혜미 선생님(대평중)	이진희 선생님(수일초)
최정희 선생님(온곡초)	정경순 선생님(시흥초)	박현숙 선생님(중흥초)	김정남 선생님(외동초)
이광란 선생님(고리울초)	김명순 선생님(오목초)	신지연 선생님(개포초)	심선희 선생님(상원초)
문수진 선생님(덕산초)	정지은 선생님(세검정초)	정선정 선생님(백봉초)	김미란 선생님(둔전초)
김미정 선생님(청덕초)	조정신 선생님(서신초)	김경아 선생님(서림초)	김란희 선생님(유덕초)
정상각 선생님(대선초)	서흥희 선생님(수일중)	윤란희 선생님(안산시근로자시민문화센터어린이도서관)	

『오십 빛깔 우리 것 우리 얘기』 시리즈가 처음 출간된 지 어느덧 16년이 되었습니다. 그동안 수많은 어린이와 부모님, 그리고 선생님들의 사랑을 받으며 전 50권이 완간되었고, 어린이 옛이야기 분야의 고전(古典)이자 스테디셀러로 굳건히 자리매김해 왔습니다.

이 시리즈는 '소중히 지켜야 할 우리 것'에 대한 이야기를 어린이를 위해 '쉽고 재미있게' 풀어쓴 책입니다. 내용으로는 선조들의 생활과 풍습 이야기, 문화재와 발명품 이야기, 인물과 과학기술·예술작품 이야기, 팔도강산과 고유 동식물 이야기 등 우리나라 역사와 전통문화 모든 영역을 총망라하고 있습니다. 그리고 이를 50가지 주제로 엮어 저학년 어린이도 얼마든지 볼 수 있도록 맛깔나는 옛이야기로 담아냈습니다. 장대한 역사와 위대한 문화유산을 배우기에 옛이야기만큼 좋은 형식도 없기 때문입니다.

대한민국 국민으로서 알아야 하고 전해야 할 우리 것, 우리 얘기는 아주 많습니다. 그동안 이 시리즈를 통해 많은 어린이가 우리 것을 알게 되고, 우리 얘기를 사랑하게 되었을 것입니다. 시간이 흘러도 역사와 전통문화의 향기는 변하지 않기 때문입니다.

하지만 저희는 그 향기를 담아내는 그릇이 그간 색이 바래고 빛을 잃었다는 사실에 가슴이 아프고 안타까웠습니다. 그래서 책에서 전하는 우리 것의 향기를 오롯이 담아낼 수 있는 새로운 그릇을 찾고자 하였습니다. 그 그릇을 통해 향기가 더욱 그윽해지고 멀리까지 퍼져서 수백 년, 수천 년 전의 우리 것이 오늘날에도 살아 숨 쉴 수 있도록 생명력을 주고자 하였습니다.

이에 몇 가지 원칙을 가지고 『오십 빛깔 우리 것 우리 얘기』 시리즈를 새롭게 출간하게 되었습니다.

◎ 원작이 가지는 옛이야기의 맛과 멋을 그대로 살렸습니다.

◎ 요즘 독자들의 감각에 맞추어 디자인과 그림을 50권 전권 전면 개정하였습니다.

◎ 교과 학습의 길잡이가 될 수 있도록 연계 교과를 표시하였습니다.

◎ 학습정보 코너는 유익함과 재미를 함께 줄 수 있도록 4컷 만화, 생생 인터뷰,
   묻고 답하기 등으로 내용을 재구성하였고, 최신 정보와 사진을 수록하였습니다.

◎ 도표, 연표, 역사신문, 체험학습 등으로 권말부록을 풍성하게 꾸며서
   관련 교과 학습을 강화하였습니다.

이 책을 처음 읽었을 8살 꼬마 독자는 지금쯤 나라와 민족에 긍지를 가진 25살 자랑스러운 대한민국 청년이 되었을 것입니다. 그 청년이 부모가 되어서도 자녀에게 다시 권할 수 있는 그런 책이 되기를 바라며, 이 시리즈를 오십 빛깔 그릇에 정성껏 담아 내어놓습니다.

주니어중앙

봄, 여름, 가을, 겨울 24절기

달력을 찬찬히 살펴보면, 입추·우수·경칩·청명·한식 등의 다양한 절기를 찾을 수 있어요.

이런 날이 무엇인지 알고 있나요?

우리 조상들은 1년을 봄·여름·가을·겨울의 네 계절로 나누고, 그것을 다시 24절기로 나눠 중요하게 생각했어요.

절기와 절기 사이는 15일쯤으로 보통 한 달에 2번 절기가 들어 있는 셈이지요.

농경 사회에 살았던 우리 조상들은 농사를 지을 때 항상 24절기를 기준으로 일을 했어요.

입춘이 되면 봄을 맞을 준비를 하고, 곡우에는 볍씨를 담그고, 소만에 모내기를 시작했거든요.

이러한 전통은 지금까지도 이어져 요즘의 농촌에서도 24절기를 기준으로 농사를 짓곤 해요.

　농사뿐만 아니라 고기를 잡을 때, 관혼상제를 치르는 데도 이 절기를 따졌어요.

　이것만 봐도 24절기가 우리에게 얼마나 중요한 날인지 알 수 있지요? 요즘은 밸런타인데이나 화이트데이 등은 잘 기억하면서, 우리의 전통인 24절기가 무엇인지 모르는 친구들이 너무 많아 안타까워요.

　우리의 전통인 24절기에 대해 공부하다 보면 조상들의 지혜와 생각을 자연스럽게 배울 수 있을 거예요.

　이 책에서는 24절기에 얽힌 재미난 이야기들을 소개하고 있어요.

　입춘에 도둑질은 한 선비 이야기, 피똥을 싸던 보릿고개 이야기, 황당한 기우제 이야기 등 절기와 관련된 흥미진진한 이야기들이 가득 들어 있답니다.

　지금부터 24절기가 무엇이고, 24절기에 얽힌 이야기들에 어떤 것이 있는지 그 궁금증을 하나씩 풀어 보아요.

어린이의 벗 우리누리

차례

따뜻한
봄의 시작
입춘
立春

옛날 어느 마을에 가난한 선비가 살았어요.

선비는 과거에 급제하기 위해 몇 년 동안 열심히 공부했어요. 하지만 선비는 연거푸 과거 시험에 떨어졌어요. 그러는 동안 집안 살림은 점점 기울어져 갔어요. 선비의 가족들은 끼니를 잇기도 어려웠지요.

그러던 어느 날, 선비는 잠시 책을 덮고 바람을 쐬기 위해 마당으로 나왔어요. 마침 바람이 따뜻하게 불고 있었어요.

'가만 있자. 오늘이 며칠이지?'

선비는 가만히 날짜를 따져 보았어요. 그러다 무릎을 탁 내리쳤어요.

"이런, 내일이 바로 입춘이잖아. 입춘!"

선비는 허둥지둥 방 안으로 들어가서 붓과 종이를 꺼냈어요. 그러고는 종이에다 '입춘대길(立春大吉)'이라는 글자를 큼직하게 적어 가지고 나왔어요.

우리 조상들은 '입춘'을 봄의 시작으로 여겨 나쁜 일을 없애주는 날로 삼았어요. 그래서 입춘이 되면 집집마다 기둥이나 대문에 '입춘대길', '건양다경' 등의 글을 써서 붙였는데, 이를 '입춘서'라고 한답니다.

입춘대길은 '봄이 오니 큰 행복이 찾아온다.'는 뜻이고, 건양다경은 '따스한 기운이 도니 경사스런 일이 많다.'는 뜻이에요.

선비는 흐뭇한 미소를 지으며 자신이 쓴 '입춘대길'을 바라보았어요.

그때 선비의 아내가 부엌에서 대청소를 하다가 삐죽 고개를 내밀었어요. 입춘 무렵이면 여자들은 겨우내 닫아 두었던 집안 문을 활짝 열고 대청소를 했어요.

집안 곳곳에 쌓인 먼지를 털어내고 봄의 새 기운을 맞이하기 위해서지요.

"여보, 내일이 입춘이라 입춘서를 붙였소. 어떻소?"

아내는 입춘서를 바라보더니 머리를 절레절레 흔들었어요.

"봄이 와서 입춘서를 붙이면 뭣합니까? 곡식은 떨어진 지 오래되고, 자식들은 배를 쫄쫄 굶고 있는데."

'내가 몇 년 동안 과거 공부에만 매달리는 바람에 처자식이 고

생이구나…….'

선비는 고개를 푹 떨구고 다시 방으로 들어왔어요. 그러고는 읽던 책을 덮고 곰곰이 생각에 잠겼어요.

'과거 준비는 잠시 접어 두고, 무슨 수를 써야겠어.'

선비는 식구들을 위해 이제라도 돈벌이를 해야겠다고 다짐했어요. 하지만 선비는 돈벌이에 대해서 아는 게 전혀 없었어요. 입춘이 강의 얼음도 녹는 날이라고는 하지만 추위가 여전해서 마땅한 일거리도 없었지요. 선비는 저녁 늦도록 땅이 꺼져라 한숨만 푹푹 내쉬었어요.

그날 밤, 선비는 잠을 자다가 말고 벌떡 일어나 앉았어요.

"무슨 좋은 방법이 없을까?"

한참을 고민하던 선비는 남의 곡식이라도 훔쳐 와야겠다고 생각했어요. 그러다가 고개를 절레절레 흔들며 고민했어요.

立春大吉
立春大吉

‘남의 것을 훔치는 것은 정말 나쁜 짓이지만 우선 처자식부터 먹여 살려야겠다.’

선비는 마음을 독하게 먹고 자리에서 일어났어요. 그러고는 곧장 관가로 갔어요.

‘아무리 배가 고파도 가난한 백성의 곡식을 훔칠 수야 없지. 관가에는 사또가 사니까 우리 마을에서 가장 곡식이 많을 거야.’

관가에 도착하자 ‘입춘대길’이라는 입춘서가 붙어 있었어요. 옛날에는 민가는 물론이고, 궁궐이나 관가에서도 입춘이 되면 입춘서를 붙였거든요. 입춘서를 본 선비는 잠시 마음이 흔들렸어요.

‘봄이 오는 첫날부터 도둑질을 해야 하다니…….’

하지만 이왕 나선 걸음이었어요. 마침 관가에는 보초를 서는 포졸도 보이지 않았어요. 선비는 살금살금 담을 넘어갔어요.

그러고는 떨리는 마음으로 곳간을 향해 걸어갔어요. 광문을 열자 ‘삐그덕!’ 소리가 크게 났어요.

간이 콩알만 해진 선비는 얼른 주변을 살폈어요. 다행히 곳간 주변에는 아무도 없었지요. 곳간에는 쌀가마니가 가득 쌓여 있었지요. 선비는 쌀 한 가마니를 등에 지려고 했어요. 그런데 그게 쉽지 않았어요. 평생 글공부만 해 온 선비가 무슨 힘이 있겠어요?

선비는 한참 만에 가까스로 쌀가마니를 등에 졌어요. 그러고는 쌀가마니를 담 위로 올려놓으려고 했지요. 하지만 쌀가마니는 꿈쩍도 하지 않았답니다.

선비는 다시 한번 있는 힘을 다해 쌀가마니를 들어 올렸어요.

"으라차차차차!"

그러자 정말 놀라운 일이 벌어졌어요. 갑자기 쌀가마니가 가벼워진 거예요. 선비는 깜짝 놀라 뒤를 돌아보았어요.

　그런데 이런, 뒤에서 사또가 쌀가마니를 열심히 밀고 있는 게 아니겠어요?

　선비는 얼른 쌀가마니를 내려놓고 바닥에 넙죽 엎드렸어요.

　"사또, 죽을죄를 지었습니다. 봄이 되었는데 집에 먹을 것은 없고, 제가 평생 글공부만 하다보니 돈벌이를 하지 못했습니다. 처자식을 마냥 굶길 수도 없고……. 죽여주십시오."

　선비는 자기가 무슨 말을 하는지조차 모른 채, 계속 손이 발이 되도록 빌었어요. 그러자 사또가 선비의 말을 자르며 말했어요.

　"됐소! 오죽 살기가 힘들었으면 관가를 털 생각을 다했겠소."

사또는 선비에게 지게를 내주며 등을 떠밀었어요.

"그런데 선비양반, 내가 보기에 당신은 아무래도 도둑질에는 요령이 없는 거 같소. 도둑질을 더는 하지 말고 글공부나 마저 하시오."

선비는 지게를 지고 집으로 가며 하염없이 눈물을 흘렸어요.

그 뒤 선비는 사또의 말을 가슴에 새기고 오직 공부에만 힘을 쏟았어요.

그리고 몇 년 뒤 과거에 장원으로 급제해 벼슬길에 올랐지요. 높은 관리가 된 선비는 해마다 입춘서를 관가 기둥에 붙이면서 자신의 잘못을 너그럽게 용서해 준 사또를 생각했답니다.

입춘은 봄이 시작되는 첫날이에요. 그래서 입춘이 되면 농사 준비를 서서히 시작했어요. 조상들은 입춘에 '오신채'를 먹어요. 오신채는 다섯 가지 매운 맛이 나는 채소로 만든 생으로 무친 나물을 말해요. 오신채를 먹으면 겨우내 움츠러든 몸에서 불끈 힘이 솟아난다고 해요. 겨울 동안 부족햇던 비타민 시(C)를 오신채가 보충해 주거든요.

또 입춘 무렵이 되면 가을에 심은 보리가 뿌리를 내려요. 우리 조상들은 이 보리 뿌리를 뽑아 한 해 농사를 점쳤다고 해요. 보리

의 뿌리털이 세 가닥이 나오면 그 해는 풍년, 두 가닥이면 평년작,
한 가닥이면 흉년이 든다고 믿었답니다.

농사일을 준비하는 우수

우리 조상들은 1년을 봄·여름·가을·겨울로 나누고, 다시 그것을 24절기로 나눠 놓았어요. 한 절기와 다음 절기 사이는 평균 15일 쯤 된답니다. 따라서 한 달에 절기가 두 번쯤 들어 있다고 보면 돼요. 우리 조상들은 농사를 지을 때나 제사, 결혼식 등 집안에 큰일이 있을 때 절기를 따졌어요.

우수는 입춘과 경칩 사이에 있는 절기예요. 음력으로는 1월이고, 양력으로는 입춘이 지난 다음 15일 후인 2월 19일이나 20일이 되지요. 흔히 봄이 되면 '꽃샘추위'라고 하여 매서운 추위가 잠시 기승을 부려요. 겨울 추위보다 꽃이 필 무렵의 이때가 더 춥다고 할 만큼 꽃샘추위는 대단하답니다.

우수와 경칩 사이에는 꽃샘추위도 없고, 나무에서는 싱그러운 싹이 자라나기도 해요. 또 따뜻한 봄비가 내리기도 하지요. 예로부터 '우수와 경칩에 얼어붙은 대동강 물도 풀린다.'는 말이 있는 것도 바로 그 때문이에요.

옛사람들은 우수 이후의 15일을 다시 5일씩 나누어 그 특징을 구분했어요. 첫 5일은 수달이 물고기를 잡아다 늘어놓고, 다음 5일은 기러기가 북쪽으로 날아가며, 마지막 5일은 풀과 나무에 싹이 돋는다고 했어요. 이 말은 우수가 되면 언

강물이 풀려 수달이 물고기를 잡기 시작하고, 추운 지방의 새인 기러기는 봄 기운을 피해 다시 추운 북쪽으로 날아가고, 풀과 나무에서는 싹이 난다는 말이지요. 그러면 이때부터 농부들은 벌레를 잡기 위해 논밭 두렁을 태우는 일을 해요.

이처럼 우리 조상들은 우수가 되면 서서히 농사일을 시작할 준비를 했답니다.

개구리가
겨울잠에서
깨는 날

경칩

驚蟄

옛날에 가난한 할아버지가 살았어요. 얼마나 가난했던지 집에 쌀 한 톨도 없었어요. 할아버지는 이리저리 떠돌면서 밥을 구걸했답니다. 시간이 흐를수록 떠돌이 생활도 점점 힘에 부쳤어요.

그러던 어느 날, 할아버지는 마을에서 가장 부잣집을 찾아갔어요.

"제 사정이 이러하니 저를 이 집의 머슴으로 써 주십시오."

할아버지의 말을 들은 주인은 흔쾌히 허락했어요. 그날부터 할아버지는 머슴이 되어 허드렛일을 도맡아 했어요.

할아버지는 누가 시키지 않아도 아침 일찍 일어났어요. 마당을 청소하고 방과 마루를 깨끗이 닦았지요. 나이가 많은 자신을 거두어 준 것이 너무 고마웠거든요. 주인도 그런 할아버지가 마음에 쏙 들었어요.

'참, 부지런하고 착한 할아버지야.'

할아버지가 부잣집에서 머슴살이를 시작한지도 꽤 오랜 세월이 지났어요. 하루는 머슴들이 한자리에 모여 얘기를 나누었어요.

"내가 이렇게 잘먹고 잘살 수 있는 것은 다 주인어른 덕분이야. 어떻게 하면 주인어른의 은혜에 보답 할 수 있을까?"

할아버지의 말에 다른 머슴이 말했어요.

"주인어른에게 부족한 게 뭐가 있겠어요. 지금처럼 일이나 잘

하는 게 은혜에 보답하는 일이지요.”

그 말에 모든 머슴들이 고개를 끄덕였어요. 하지만 할아버지는 주인어른에게 꼭 은혜를 갚고 싶었어요. 곰곰이 생각하던 할아버지는 생각했어요.

‘죽은 뒤에라도 주인어른에게 은혜를 꼭 갚아야 겠어.’

다시 오랜 세월이 지난 어느 날이었어요.

그날은 주인집 막내딸이 시집가는 날이라 집 안이 시끌벅적했어요. 사람들은 가장 좋은 옷을 입고 바쁘게 잔치 준비를 했어요. 마당에 차려 놓은 상에는 진수성찬이 가득했어요. 주인어른은 손님을 맞을 준비를 하느라 정신이 하나도 없었지요.

그런데 어찌된 일인지 할아버지가 보이지 않는 거예요. 집이 온통 바쁠 때에 꾀를 피울 할아버지가 아니라는 것을 주인어른은 잘 알고 있었지요.

"할아버지는 어디 있느냐?
누가 가서 알아보거라."
주인어른의 말에 한 머슴이 할아버지
가 묵고 있는 방으로 갔어요.
"할아버지, 주인어른이 찾으세요. 아직도 누워
계시면 어떡해요?"

　할아버지는 머슴의 말을 듣더니 자리에서 비스듬히 일어나 이렇게 말했어요.

　"이렇게 바쁜 날 내가 주인어른을 도와야 할 텐데……. 내 죽어서라도 주인어른의 은혜는 꼭 갚겠다고 전해 주게."

　그 말을 마지막으로 할아버지는 조용히 숨을 거두었어요.

　그 소식을 전해 들은 주인은 마음이 상했어요.

　'하필 막내딸이 혼인하는 날 죽다니…….'

　하지만 곧 마음을 고쳐먹고 혼인 잔치에 온 사람들에게 말했어요.

　"비록 머슴이지만 그 할아버지는 우리 집을 위해 열심히 일을 해 주었습니다. 그런 할아버지가 죽은 마당에 혼인을 치를 수는 없지요. 혼인은 할아버지의 장례를 치른 다음에 하겠습니다."

　주인은 정성껏 할아버지의 장례를 치러 주었어요. 혼인을 위해 미리 준비해 두었던 음식도 모두 장례 음식으로 쓰도록 했지요.

　주인은 장례를 다 치루고 며칠이 지나서야 혼인식을 치렀어요. 이러한 마음 씀씀이에 사람들은 칭찬을 했지요.

　"정말 훌륭한 양반이야."

　"머슴 하나 때문에 귀한 막내딸 혼인을 뒤로 미루다니!"

　그런데 그 해 경칩 무렵이었어요. 큰 가뭄이 들어 논과 밭이 타

들어 갔어요. 경칩은 땅속에 들어가서 겨울잠을 자던 동물들이 꿈틀거리며 깨어나기 시작하는 시기예요. 경칩이 되면 겨울잠을 자던 개구리들이 물이 괸 곳에 알을 낳지요. 그런데 가뭄 때문에 개구리 알을 찾아볼 수가 없었답니다.

마을 사람들은 물을 구하지 못해 난리가 났어요. 주인집도 마찬가지였어요.

"아, 도대체 이 가뭄이 언제까지 가려나!"

주인도 속이 타서 땅이 꺼져라 한숨을 쉬었어요.

그런데 이게 웬일이에요? 주인집의 논과 밭에만 장대비가 주룩주룩 내리는 게 아니겠어요. 마을 사람들은 놀라서 입이 떡 벌어졌어요.

"아니, 이럴 수가!"

머슴들은 주인에게 달려와 너도나도 죽은 할아버지가 살아있을 때 했던 말을 전하며 이렇게 말했어요.

"죽은 할아버지가 주인어른께 은혜를 갚나 봅니다."

그 비 덕분에 마을에서는 주인집만 농사가 잘 되어 많은 수확을 했어요.

그런데 어찌된 일인지 다음 해 경칩 무렵에도 또 가뭄으로 마을

에 난리가 났어요.

"아이고, 경칩이 되어 이제 막 농사를 시작하려고 하는데 또 가
뭄이 들다니!"

가뭄으로 바싹 마른 논밭을 바라보던 마을 사람들은 문득 작년
일을 떠올렸어요.

"그래, 그 할아버지에게 제사를 지내보자."

그래서 마을 사람들은 음식을 조금씩 모아 할아버지를 위해 정성껏 제사를 지냈어요. 그랬더니 마을의 논과 밭에 비가 많이 내려 농사를 잘 지을 수 있었답니다.

그 후로도 3년 동안 매년 경칩 무렵만 되면 가뭄이 들었어요. 그래도 마을 사람들은 걱정이 없었어요. 할아버지에게 제사를 올리면 가뭄으로부터 벗어날 수 있었거든요.

이 소문은 점점 이웃 마을로 퍼져 나갔어요. 그러자 여러 마을에
서 할아버지에게 제사를 올리기 시작했어요. 그 뒤부터 경칩 무렵
가뭄이 들면 사람들은 할아버지에게 제사를 올렸답니다.

경칩은 우수와 춘분 사이에 들어 있으며 음력으로는 2월이고 양
력으로는 3월 5일경이에요. 경칩이 되면 옛사람들은 고뢰쇠나무
에서 나오는 물을 먹기 위해 산에 올랐어요. 이 물은 위장병, 관절

염 등에 좋다고 알려져 있지요.

또한 경칩에는 흙과 관련이 있는 일을 하면 한 해 동안 나쁜 일이 일어나지 않는다고 해요. 그래서 벽이나 담에 흙을 다시 바르는 풍습도 전해 내려오고 있답니다.

경칩은 사랑하는 남녀에게는 아주 소중한 날이에요. 요즘은 밸런타인데이나 화이트데이에 사랑하는 사람끼리 초콜릿이나 사탕을 주고받지요? 옛날에는 경칩이 그런 날이었어요. 경칩 날 연인끼리 서로의 사랑을 확인하기 위해 은행을 선물로 주고받았거든요.

그런데 왜 하필 은행을 선물했을까요? 은행나무는 암나무와 수나무가 따로 있는데, 서로 바라보기만 해도 열매를 맺는다고 해요. 이 때문에 우리 조상들은 예로부터 은행나무를 사랑의 상징으로 생각했어요. 그래서 경칩에 은행을 선물한 것이에요. 경칩은 이처럼 사랑이 싹트는 가슴 설레는 봄의 절기랍니다.

밤낮의 길이가 같은 춘분

춘분은 음력으로는 2월이고, 양력으로는 3월 21일 무렵이에요. 춘분에는 짧았던 낮이 길어지면서 밤낮의 길이가 똑같아져요. 춘분 무렵에는 바람이 유난히 많이 불어요. '음력 2월 바람에 김칫독 깨진다.' '꽃샘추위 때문에 설늙은이 얼어 죽는다.'는 속담이 있을 정도로 음력 2월의 바람은 매서워요.

이때 부는 바람을 '꽃샘바람'이라고 하는데, 바람이 샘이 나서 꽃이 피지 못하게 분다고 해요. 이 꽃샘바람이 불기 시작하면 얼마나 세차게 부는지,

춘분이 되면 옛날 어부들은 고기잡이를 나가지 않고 먼 길을 떠나는 배도 타지 않았답니다.

옛날에는 춘분을 전후로 해서 보리를 심은 뒤에 팔도 관찰사와 관리들이 그 지역의 농사 형편을 임금님께 보고했다고 해요. 보고를 받은 임금님은 많은 신하들을 불러 그 해의 농사가 어떻게 될지 점쳤어요. 또 춘분 전후에는 지방 관리들이 서울에 사는 가족을 데리고 가지 못하도록 정해 놓았어요. 이것은 바쁘게 일할 때에 관리 가족들 때문에 농부들이 일을 못하게 될 것을 염려했기 때문이랍니다.

이처럼 춘분은 여러 가지로 농사 준비가 한창인 때예요. 우리 조상들은 농사의 시작인 '논밭갈이'를 잘 해야 한 해 농사가 잘 된다고 생각했어요. 그래서 춘분이 되면 농부들은 마음가짐을 올바로 하고 정성스럽게 논밭갈이를 시작했답니다.

논밭갈이

신성한 불을
일으키는 날

청명

清明

 해마다 청명 무렵이 되면 하늘이 맑고 밝아져요. 이렇게 날씨가 좋은 청명에 우리 조상들은 무엇을 했을까요?

"애들아, 광에서 농기구를 모두 꺼내라."

"꺼냈으면 얼른 흙을 털고 손질해야지 뭐하고 있어?"

집안 어른들은 청명이 되면 광문을 활짝 열고 농기구를 꺼냈어요. 그러고는 가족들과 함께 농기구를 정성껏 손질했답니다. 왜냐고요? 바로 이때가 본격적으로 봄 농사를 시작하는 날이기 때문이에요.

예전에는 청명이 되면 집이 아무리 가난해도 음식을 푸짐하게 했어요.

"오늘은 남정네들이 봄 농사를 시작하는 날인데, 음식을 소홀하게 차릴 수는 없지."

오랜만에 아침을 거하게 먹은 농부들은 황소를 몰며 '논밭 갈아 붙이기'를 시작했어요. 논밭 갈아 붙이기는 벼나 씨앗을 심기 전에 땅을 일구는 것을 말해요. 농사를 시작할 때는 땅을 먼저 잘 일구고 난 뒤에 씨앗을 뿌려야 해요. 그래야 곡식이 쑥쑥 자라거든요.

청명에는 제사를 지내고 성묘를 하는 풍습도 있었어요. 청명이 되면 그동안 헤어져 있던 온 가족이 모여 술, 나물, 떡 등의 음식을 마련해 조상의 묘를 찾았어요.

요즘은 사람들이 바쁘게 살다보니 주로 추석 전후, 일년에 한두 번 성묘를 해요. 하지만 예전에는 봄, 여름, 가을, 겨울 계절마다 성묘를 했지요. 여름에는 단옷날, 가을에는 추석, 겨울에는 음력 10월 초하룻날 그리고 봄에는 청명이나 한식에 성묘를 했답니다.

그러면 임금님이 계시는 궁궐에서는 청명에 무엇을 했을까요? 임금님이나 신하들은 농사를 직접 짓지 않았어요. 대신 청명에 궁궐에서 아주 중요한 의식을 치렀답니다.

"여봐라, 나무에 구멍을 뚫어라!"

의식을 담당하는 관리의 말이 떨어지면 사람들은 나무에 구멍을 뚫기 시작했어요. 이때 나무는 꼭 느릅나무나 버드나무여야 해요. 우리 조상들은 이 두 나무를 신성하게 여겼거든요.

나무에 구멍을 뚫는 것은 불을 일으키는 의식을 치루기 위해서예요.

구멍이 다 뚫리면 바늘에 실을 꿰듯이 삼으로 만든 밧줄을 그 구멍에 넣어요. 그런 다음 여러 사람이 양쪽에서 당겼다 놓았다 하면서 마찰을 일으킨답니다.

"스릉스릉 잡아당겨 보세!"

"스릉스릉 끌어당겨 보세!"

한참을 그렇게 구멍 안에 있는 밧줄을 당겼다 놓았다 하면 마찰

로 인해 나무에 불이 일어나요. 그러면 의식을 담당하던 관리가
그 불을 얼른 임금님에게 바쳤어요.
"오, 올해도 불이 잘 타오르는구나!"
임금님은 그 불을 보고 매우 기뻐하며 어명을 내렸어요.
"이 불을 모든 문관과 무관, 고을의 수령들에게 나누어 주어라!"
임금님이 청명에 일으킨 불을 신하들에게 나누어 주는 것을 '개화’ 또는 ‘사화’라고 하는데, 여기에는 깊은 뜻이 숨겨져 있어요.

각 고을의 수령들은 청명에 임금님으로부터 받은 불을 한식까지 잘 간직했어요. 지금도 그렇지만 옛날에도 청명은 한식 하루 전날이거나 한식과 같은 날이었거든요. 각 고을 수령들은 한식이 되면 백성들에게 이 불을 나누어 주면서 이렇게 말했어요.

“내년 청명까지 이 불씨를 꺼뜨리지 말고 간직하거라.”

이 불을 받기 전날 백성들은 한 해 동안 간직해 온 불을 껐어요. 임금님이 주시는 새로운 불을 받기 전까지 아궁이에 불이 없어요. 그래서 우리 조상들은 한식에 따뜻한 밥을 먹을 수 없었대요. 한식이라는 이름도 새 불을 기다리는 동안 찬밥을 먹는다고 해서 생겨난 것이랍니다.

그런데 꺼지기 쉬운 불을 어떻게 방방곡곡으로 옮겼을까요? 불을 그냥 들고 다니면 금방 꺼져서 백성들에게 전할 수 없었을 거예요. 그래서 우리 조상들은 습기나 바람에 강한 ‘불씨 통’에 불을 담아 전국 팔도로 보냈다고 해요. 불씨 통은 뱀의 껍질이나 털가죽으로 만든 것이 가장 널리 쓰였어요. 또 보온력이 강한 은행이나 목화 씨앗을 태운 재에 불을 묻어 운반했답니다.

　이처럼 청명은 신성한 불을 일으키는 날이었고, 한식은 이 새 불을 온 백성이 나누어 갖는 의미 있는 날이었어요. 전국 팔도의 백성들은 청명에 임금님이 내려 주신 불을 나누어 가짐으로써 한 민족이라는 것을 다시 한번 가슴 깊이 새기곤 했답니다.

청명에는 여러 가지 뜻 깊은 다른 풍속이 참 많았어요. 왕족에 대한 제사도 그중에 하나지요.

임금님을 비롯한 왕족들은 청명이 되면 특별한 제사를 지냈어요. 역대 임금님의 위패는 궁궐 안 종묘에 모셔져 있어요. 종묘에서는 역대 임금님을 위한 제사를 자주 지내거든요. 하지만 종묘에 모셔져 있지 않은 왕족들은 청명에 한꺼번에 제사를 지냈어요.

그러면 종묘에 모셔져 있지 않은 왕족은 누구일까요? 임금의 자리에서 억지로 물러난 사람, 세자의 신

분으로 죽거나 임금의 후궁 등 왕족이지만 정식으로 제사를 받지 못하는 사람들을 말해요. 청명은 이런 사람들을 위해 큰 제사를 지냈답니다.

청명은 음력으로는 3월이고 양력으로는 보통 4월 5일경인데, 이때가 되면 농가에서는 씨앗 뿌리기, 나무 심기 등을 본격적으로 시작해요. 이제부터 가을 추수 때까지는 눈코 뜰 새 없이 농사일에 매달려야 하거든요.

이런 여러 가지 이유로 우리 조상들은 24절기 중에서도 청명을 특히 중요하게 생각했답니다.

나무에 물이 오르는 곡우

곡우는 청명과 입하 사이에 있는 절기예요. 음력으로는 3월, 양력으로는 4월 20일경이지요. 곡우에는 봄 가뭄을 해결해 주는 비가 내리곤 해요. 우리 조상들은 이 빗물로 못자리에 볍씨를 뿌렸어요. 또 곡우는 벼농사를 시작하는 날이기 때문에 죄를 지은 사람이 있어도 이때는 잡아가지 않았다고 해요.

사람들은 곡우가 가까워지면 볍씨를 가마니에 담았어요. 그리고 이 가마니를 솔가지로 정성껏 덮어 두었어요. 만약 밖에서 안 좋은 것을 봤을 때는

집에 들어 와서도 볍씨를 보지 않았어요. 안 좋은 것을 본 사람이 볍씨를 보게 되면 싹이 제대로 자라지 않아서 농사를 망친다고 생각했거든요.

어부들은 곡우를 전후로 해서 조기잡이에 한창 열을 올려요. 곡우 무렵에 조기들은 서해로 올라온다고 해요. 이때 잡은 조기를 '곡우살이'라고 불러요. 예로부터 우리 조상들은 곡우 무렵에 잡은 조기를 '곡우살 조기', '오사리 조기'라고 부르며 최고로 쳐 주었어요. 맛있기로 소문난 영광 굴비도 곡우 때 잡은 조기를 말린 거랍니다.

또한 곡우에는 나무에 물이 가장 많이 오르는 시기예요. 그래서 전라남도, 경상남도, 강원도 등지에서는 산으로 '곡우 물'을 먹으러 가는 풍습이 있어요. 곡우 물은 주로 자작나무나 박달나무 등에 작은 상처를 내 거기서 나오는 물을 말해요. 곡우물은 마시면 몸에 좋다고 해서 약으로도 쓰였답니다.

세상의
모든 것이
가득차는 날
소만
小滿

따뜻한 봄이 되자 임금님은 백성들이 어떻게 살고 있는지 알아보려고 성 밖으로 나왔어요. 양반 옷을 입고 있어서 임금님을 알아보는 사람은 아무도 없었지요. 때는 '소만' 무렵이라 산과 들에는 꽃이 활짝 피어 있었답니다.

마침 임금님이 지나가는 길에 사람들이 둘러앉아 이런저런 얘기를 나누고 있었어요.

"자네, 이 세상에서 가장 넘기 힘든 고개가 어떤 고개인지 아나?"

사람들은 저마다 자기가 알고 있는 고개 이름을 말했어요.

"이 세상에서 가장 넘기 힘든 고개는 대관령이지. 고개가 어찌나 힘한지 지난번에 넘다가 해가 졌지 뭐야."

"아니야. 대관령 보다는 추풍령이 가팔라서 힘들지."

그러자 한 사람이 머리를 절레절레 흔들며 말했어요.

"모두들 틀렸네. 이 세상에서 가장 넘기 힘든 고개는 바로 보릿고개야."

그 말을 들은 사람들은 모두 고개를 끄덕였어요. 임금님은 사람들의 대화를 듣고 가슴이 아팠어요.

'아, 하루 빨리 보릿고개가 없어져야 할 텐데……'

우리나라 지도를 아무리 찾아 봐도 이 이야기에 나오는 보릿고 개는 찾을 수가 없어요. 그럼 도대체 무엇을 가리켜 '보릿고개'라 고 했을까요?

보릿고개는 '소만'이라고 불리는 절기와 관련이 있어요. 소만 은 입하와 망종 사이에 있는 절기로 음력 4월, 양력 5월 21일경쯤 이에요. 매년 소만 때가 되면 여름 기운이 뚜렷해지고 풀과 나무 가 몰라보게 쑥쑥 자라나요. 또 산과 들에는 진달래와 개나리가 흐드러지게 피고 버드나무에서는 버들강아지가 송이송이 피어난 답니다. 나무와 풀과는 다르게 우리 조상들에게는 이때가 가장 힘 든 시기였어요.

왜냐고요? 먹을 것이 다 떨어졌기 때문이지요. 요즘엔 먹거리가 많고 먹고 싶은 음식이 있으면 쉽게 사 먹을 수 있지요. 그런데 옛 날에는 그렇지 않았어요. 식량이 없어서 끼니를 거르는 경우가 많 았거든요.

우리 조상들은 가을에 추수한 곡식을 저장했다가 긴 겨울 동안 먹었어요. '소만' 때가 되면 집집마다 저장해 두었던 곡식이 바닥 나고 쌀은 구경하기조차 힘들지요. 그나마 보리를 추수해야 겨우 먹을 것이 생기지요. 그런데 작년 가을에 심은 보리는 이 시기에

완전히 여물지 않아 먹을 수가 없어요.

그렇다고 그냥 굶고 있을 수는 없겠지요? 보릿고개를 겪던 우리 조상들은 이 시기에 딱딱한 소나무 껍질을 먹곤 했어요. 소나무 껍질을 잘 말린 다음 좁쌀 가루와 섞어 떡을 만들었지요. 소나무 껍질로 만든 떡은 거칠고 아무 맛도 없지만 배고픔을 달래기에는 안성맞춤이었지요.

성미가 급한 사람들은 채 익지도 않은 보리의 싹을 잘라 빻은 다음 풀뿌리와 나무껍질을 넣고 죽을 쑤어 먹기도 했어요. 또 술을 만들고 난 뒤 남은 술지게미를 먹기도 했지요. 술지게미는 달콤한 맛이 있어서 보릿고개를 겪는 사람들에게 인기 있는 먹거리였답니다.

술지게미마저 떨어지면 아이들은 산으로 들로 먹을 것을 찾아다녔어요. 그러다 먹거리를 발견하면 산삼을 찾은 사람처럼 좋아했어요.

"와아, 도토리다!"

"저기에 상수리나무가 있다!"

이렇게 상수리나무 열매인 도토리를 줍는 것은 큰 행운이었어요. 보릿고개 때는 너도나도 산이나 들로 먹거리를 구하러 다녔기

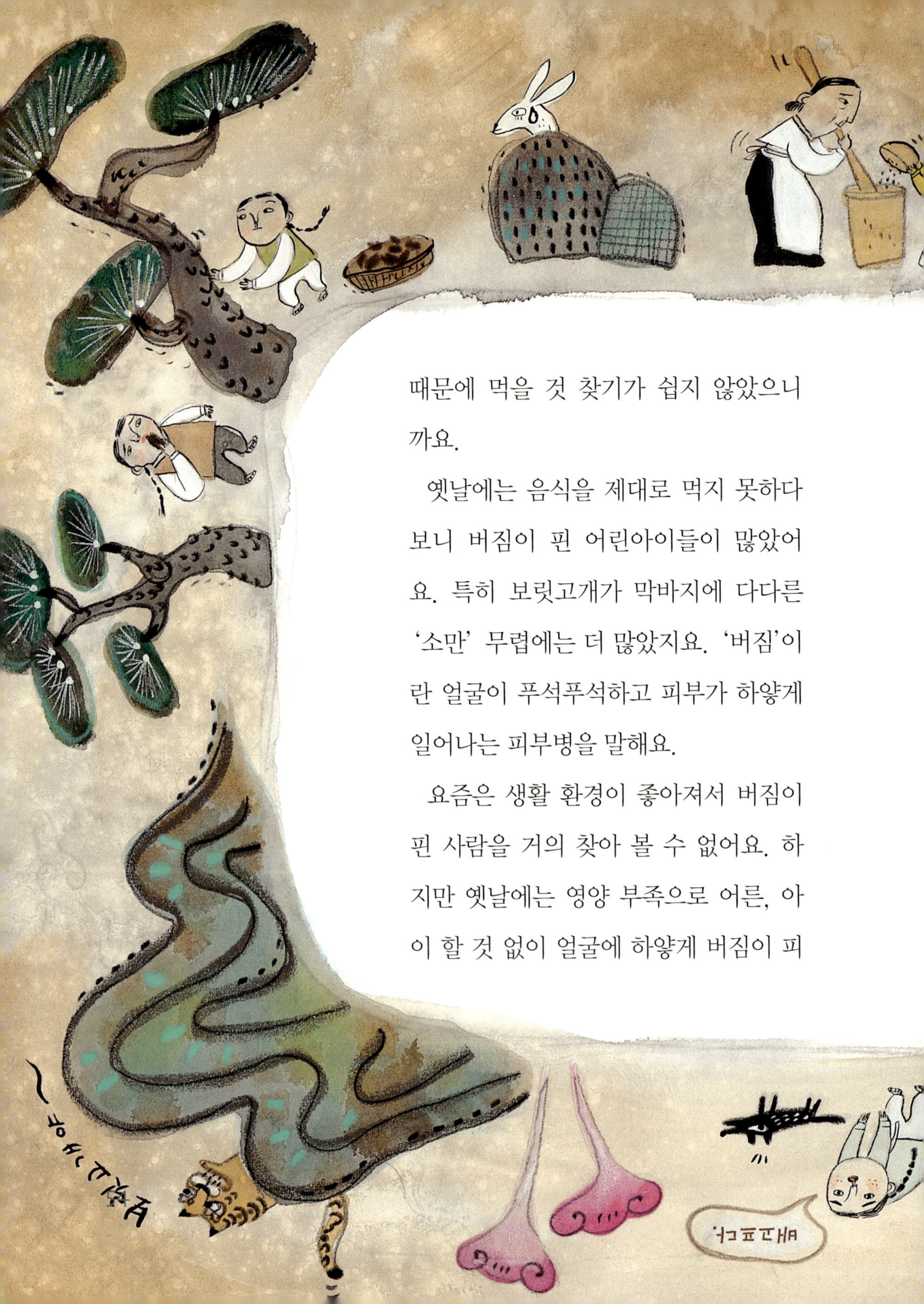

때문에 먹을 것 찾기가 쉽지 않았으니까요.

옛날에는 음식을 제대로 먹지 못하다 보니 버짐이 핀 어린아이들이 많았어요. 특히 보릿고개가 막바지에 다다른 '소만' 무렵에는 더 많았지요. '버짐'이란 얼굴이 푸석푸석하고 피부가 하얗게 일어나는 피부병을 말해요.

요즘은 생활 환경이 좋아져서 버짐이 핀 사람을 거의 찾아 볼 수 없어요. 하지만 옛날에는 영양 부족으로 어른, 아이 할 것 없이 얼굴에 하얗게 버짐이 피

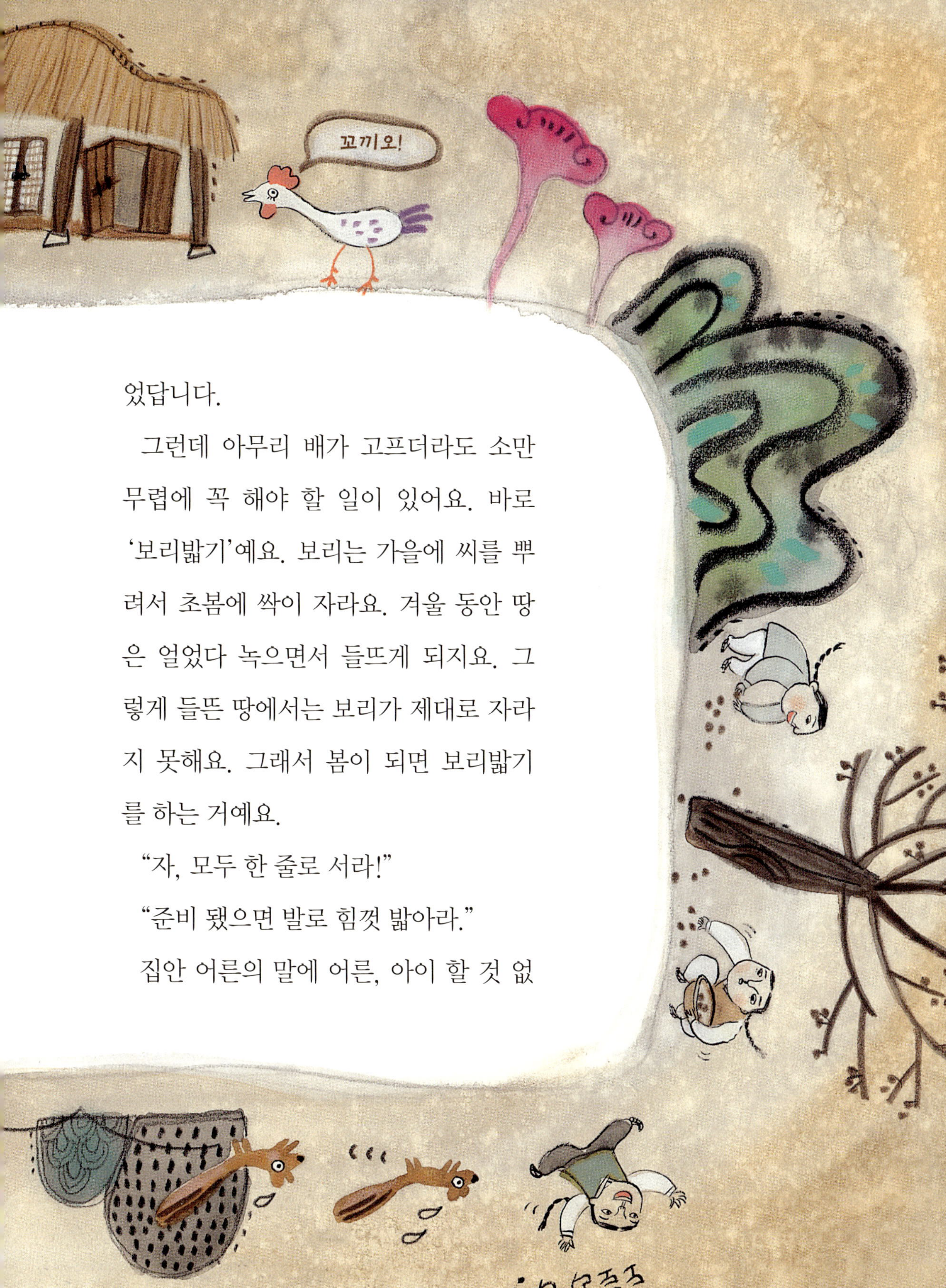

었답니다.

그런데 아무리 배가 고프더라도 소만 무렵에 꼭 해야 할 일이 있어요. 바로 '보리밟기'예요. 보리는 가을에 씨를 뿌려서 초봄에 싹이 자라요. 겨울 동안 땅은 얼었다 녹으면서 들뜨게 되지요. 그렇게 들뜬 땅에서는 보리가 제대로 자라지 못해요. 그래서 봄이 되면 보리밟기를 하는 거예요.

"자, 모두 한 줄로 서라!"

"준비 됐으면 발로 힘껏 밟아라."

집안 어른의 말에 어른, 아이 할 것 없

이 모두 보리밟기를 시작해요.

　이렇게 '소만'에 보리 싹 주변의 땅을 밟아 주면 보리 뿌리가 땅 위로 올라오는 것을 막을 수 있어요. 또한 보리 싹이 지나치게 무성해지는 것도 막을 수 있지요. 이때 아이들은 누구보다 열심히 보리밟기를 했어요. 보리가 잘 자라야 보리밥을 배불리 먹을 수 있었으니까요.

　이처럼 먹을 것이 없어서 곡식 아닌 다른 것으로 겨

우 배를 채워가던 시기를 '보릿고개'라고 해요. 보릿고개는 '피고개'라고 불리기도 했는데, 먹을 것이 없어 굶어 죽는 사람도 있었어요.

어른들이 하는 말 중에 '똥구멍이 찢어질 정도로 가난하다.'라는 말을 들어 봤나요? 이 말이 바로 보릿고개 시절에 나온 말이에요. 우리 조상들은 보릿고개를 넘기 위해 나무껍질처럼 소화가 되지 않는 음식을 먹었어요. 그러다 보니 화장실에서 일을 볼 때 항문이 찢어져 피가 나올 때가 있어서 이런 말이 생긴 거예요.

보리를 추수하고 나면 사람들은 안도의 한숨을 쉬었어요.

"휴우, 이제야 보릿고개가 지나갔구나."

"보릿고개가 지났으니 밥 좀 배불리 먹어야겠다."

소만이 지나 추수하는 보리는 밀과 더불어 우리 조상들의 여름철 주식이었어요. 가을에 벼를 추수할 때까지는 주로 보리밥만 먹었답니다.

소만은 보릿고개로 어려움을 겪는 시기지만 농사일도 매우 바쁜 때예요.

소만이 되면 농부들은 모내기를 시작하지요. 아울러 여러 가지 밭농사도 함께 시작해요. 김매기도 한창이고요. 소만이 지나면 큰 가뭄이 오는 경우가 있었어요. 이런 이유로 사람들은 가뭄에 대비해서 소만 무렵이 되면 논에 물을 댈 준비를 했답니다.

소만은 이처럼 배고프고 바쁜 때예요. 하지만 아이들은 이 와중에도 밝고 건강하게 자랐어요. 여자아이들은 활짝 핀 봉숭아 꽃물을 손톱에 들였어요. 이 봉숭아 꽃물이 첫눈이 올 때까지 사라지지 않으면 행운이 찾아온다고 믿었거든요.

남자아이들은 밤이 으슥해지면 아직 다 자라지 않은 풋보리를 몰래 베어 먹는 '보리 서리'를 했지요.

　소만은 일년 중 가장 생기가 넘치는 시기이면서 보릿고개가 막바지에 다다른 때였어요. 우리 조상들은 이러한 시기를 인내와 끈기로 슬기롭게 이겨냈답니다.

여름의 시작 입하

사계절 중 여름은 땀 흘려 일하는 계절이에요. 여름에는 입하, 소만, 망종, 하지, 소서, 대서 등의 절기가 있어요. 삼복더위를 이기기 위한 복날도 바로 이때 있지요.

이 중 입하는 여름이 다가오는 것을 알리는 절기예요.

푸르름이 산과 강을 뒤덮는 입하가 되면 날씨가 따뜻해지기 때문에 모든 것이 잘 자라요. 또 곡우에 마련한 못자리가 자리를 잡아 농사일은 더욱 바

빠지지요. 농작물도 하루가 다르게 쑥쑥 자라나고요.

  하지만 농작물 못지않게 잡초도 쑥쑥 자라요. 입하가 되면 논밭의 잡초를 없애는 작업을 해야 해요. 또한 해충을 잡는 작업도 시작해야 하지요. 별 거 아닌 것 같지만 해충을 잡는 일을 게을리 하면 그 해 농사를 망칠 수도 있거든요.

  우리 조상들은 입하 무렵의 15일간을 5일씩 나누어서 구분하였어요. 입하가 되면 첫 번째 5일 동안은 청개구리가 울고, 두 번째 5일 동안은 지렁이가 땅에서 기어 나오며, 세 번째 5일 동안은 쥐참외가 나온다고 했어요.

  또 입하 무렵에는 이팝나무에서 쌀밥같이 생긴 꽃이 펴요. 그래서 이팝나무를 '쌀밥 나무'라고도 부르지요. 옛사람들은 이팝나무의 꽃이 한꺼번에 잘 피면 풍년이 들고, 꽃이 신통치 않으면 흉년이 들 징조라고 믿었답니다.

이팝나무

낮이 가장
긴 날
하지
夏至

옛날에는 거의 모든 사람들이 농사를 짓고 살았어요.

우리 조상들은 손바닥만한 땅이라도 내 땅을 가지고 농사를 짓는 것이 사람 사는 것이라고 생각했답니다. 농사를 짓는 사람들에게 가장 중요한 것은 바로 물이었어요. 물이 없으면 농사를 지을 수 없으니까요.

'아이고, 비가 안 온지 벌써 며칠째냐!'

마을의 어른인 촌장은 방문을 열자마자 땡볕이 내리는 하늘을 올려다봤어요. 그러고는 가만히 날짜를 헤아려 봤지요.

'이런, 오늘이 벌써 하지로군.'

하지는 일 년 중 낮이 가장 긴 절기로 농부들이 모내기를 모두 끝낸 때예요. 이때가 되면 농부들은 얼마 전에 심은 모가 잘 자라기를 바라며 하루에도 수십 번씩 논을 바라봐요.

그런데 모가 쑥쑥 자라야 하는 이런 때에 비가 오지 않는다고 생각해 보세요. 농부들의 마음이 얼마나 속상하겠어요?

논에는 벌써 마을 사람들이 모두 나와 있었어요.

"오늘도 비 소식은 없나 보구나."

마을 사람들은 가뭄으로 쩍쩍 갈라지는 논바닥을 바라보며 땅이 꺼져라 한숨을 쉬었어요.

촌장도 집에서 나와 마을 사람들과 논바닥을 쳐다보았어요. 그러고는 고개를 힘없이 저었어요.

"아무래도 기우제를 지내야 할 거 같습니다. 촌장님."

촌장은 머리를 끄덕였어요.

기우제는 가뭄이 계속될 때 비를 내려 달라고 하늘에 지내는 제사를 말해요. 옛날에는 비가 안 오는 이유가 사람들이 죄를 지어 하늘이 노했기 때문이라고 생각했거든요. 그래서 노여워하는 하늘을 달래기 위해 정성껏 기우제를 지내곤 했답니다.

기우제는 마을에서 나이가 가장 많은 어른이나 촌장이 중심이 되어 지내요. 기우제를 지낼 때는 높은 봉우리에 올라가 제사상을 차려 놓고 하늘에 절을 하지요. 제사상에는 과일이나 포, 돼지머리, 떡, 술, 고기 등을 정성껏 올렸어요.

기우제를 지내는 방법은 마을마다 달랐어요. 어떤 마을에서는 재미있는 방식으로 기우제를 드리곤 했답니다. 어떤 방식으로 기우제를 지냈는지 한번 들어 볼래요?

어느 마을에 오랫동안 가뭄이 들자 촌장은 기우제를 지낼 결심을 했어요.

"모두 몸을 깨끗이 씻고, 용소로 모이라고 전하게."

용소란 폭포가 떨어지는 바로 밑의 웅덩이를 말해요. 예전에는 용소에 하늘의 짐승인 용이 산다고 믿었어요. 사람들은 용이 바람과 구름을 타고 하늘에 올라가 비를 내릴 수 있는 동물이라고 생각했어요. 그래서 용을 용신이라고 부르며 신성하게 여겼어요. 이런 이유로 가뭄이 들면 용소에 사는 용신에게 기우제를 지냈지요.

촌장의 말이 떨어지자마자 마을 사람들은 뿔뿔이 흩어져 기우제 준비를 시작했어요. 기우제를 지낼 때 마을에서 단 한 명도 빠져서는 안돼요. 그래서 어른 아이 할 것 없이 온몸을 씻고 깨끗한 옷으로 갈아입어요.

얼마 뒤, 사람들은 제물로 잡은 돼지머리를 짊어지고 용소로 올라왔어요.

"돼지머리를 용소에 던져 넣게!"

촌장의 말에 사람들은 돼지머리를 던졌어요. 그러자 돼지머리에

맛있겠다.

서 흘러나오는 피 때문에 용소가 더러워졌어요.

기우제를 지낸다면서 정성껏 제사를 지내지 않고 용소를 더럽히는 이유가 뭘까요?

우리 조상들은 이렇게 하면 용소에 사는 용신이 지저분한 짐승의 피를 씻어내기 위해 비를 내린다고 생각했대요. 그래서 일부러 돼지 피로 용소를 더럽히는 거예요. 정말 재미있는 생각이지요?

전라남도 곡성에서는 더 재미있는 기우제 이야기가 전해 내려오고 있답니다.

오랜 옛날 곡성에 가뭄이 계속되었어요. 그러자 마을 아녀자들이 팔을 걷고 나섰어요.

"기우제를 지냅시다. 그러면 분명 비가 쏟아질 겁니다."

마을 아녀자들은 우선 개울가로 가서 몸을 깨끗이 씻었어요. 그러고는 배가 빵빵해 질 때까지 개울물을 먹었어요.

"할머니 오늘은 왜 이렇게 물을 많이 먹어요?"

"호호, 잠시 뒤면 알게 될 테니까 조금만 참으렴."

어린 손녀는 아무것도 모른 채 어른들이 시키는 대로 물을 벌컥벌컥 들이켰어요.

물을 먹은 지 한두 시간이 지났어요. 그러자 가장 나이가 많은 할머니가 모두에게 말했어요.

"자, 이제 슬슬 기우제를 지내러 가볼까?"

마을 아녀자들은 제단 앞에 모두 모였어요. 그러더니 글쎄 치마를 훌렁 올리는 게 아니겠어요? 그러고는 제단 쪽으로 일제히 오줌을 싸기 시작했어요. 물을 그렇게 많이 먹고 참았으니 오줌 줄기가 얼마나 셀지는 상상이 가지요?

도대체 왜 신성한 제단 앞에다 오줌을 누는 걸까요? 그것은 용소에 돼지머리를 던져 넣는 것과 같은 이유예요. 하늘에서 모든 것을 지켜보고 있는 신을 노하게 하려는

거예요. 자신을 위해 제사를 지내는 제단이 아녀자들의 오줌으로 더럽혀졌는데 가만히 있을 신이 어디 있겠어요? 오줌으로 더럽혀진 제단을 깨끗이 씻기 위해 화가 난 신은 비를 내리는 거예요.

이처럼 기우제는 지역에 따라 매우 다양한 방법으로 치러져요. 마을에서 중요하게 여기는 산이나 샘, 유명한 강 또는 하천에서 제사를 지내곤 한답니다.

하지만 지방마다 비를 내리게 해 달라고 비는 방법은 모두 달랐어요. 산 위에서 불을 피우거나 물병 거꾸로 매달기, 키로 물 까부르기 등 다양한 방법이 있었답니다.

이러한 기우제가 비과학적으로 보일 수도 있어요. 우리나라는 장마철인 7월과 8월에 비가 집중적으로 내려요. 그런데 정작 농사에 물이 가장 필요한 하지 무렵에는 가뭄이 계속되는 경우가 많았지요.

그래서 기우제는 4월에서 7월 사이에 주로 했답니다. 삼국 시대부터 시작된 기우제는 최근 저수지가 발달하면서 점차 사라지게 되었어요.

우리 조상들은 하지가 되면 사슴의 뿔이 떨어지고, 매미가 울기 시작한다고 했어요. 대부분의 농촌에서는 만종을 전후로 하여 시작된 모내기가 하지 무렵이면 모두 끝나요. 그래서 하지 무렵이 되면 농부들은 간절한 마음으로 비를 기다렸답니다.

하지는 만종과 소서 사이에 들어 있는 절기예요. 음력으로는 5월, 양력으로는 6월 21일쯤 되지요. 우리나라는 북반구에 있어서 하지가 되면 낮이 길어지고 햇빛의 양도 가장 많아져요.

하지가 지나면 날씨는 점점 더워지고요. 그래서 우리 조상들은 하지 무렵부터는 건강 관리에 신경을 썼답니다.

거두고 뿌리는 망종

　망종은 소만과 하지 사이의 절기예요. 음력으로는 보통 5월이고, 양력으로는 6월 6일 무렵이에요. 망종이란 벼, 보리 등 수염이 있는 곡식들의 종자를 뿌려야 할 적당한 시기라는 뜻이에요. 이 시기는 옛날부터 모내기와 보리 베기에 알맞은 때였어요.

　'보리는 망종 전에 베라.'는 속담이 있을 정도로 망종까지는 보리를 모두 베어야 해요. 그래야 논에 벼도 심고 밭갈이도 할 수 있거든요. 물론 망종이 되면 보리를 먹을 수 있기 때문에 보릿고개도 끝이 나요.

망종은 농부들에게 가장 바쁜 시기예요. 보리를 거두고 벼도 논에 옮겨 심어야 하거든요. 전라도 지방에서는 '망종이 되면 발등에 오줌 싼다.'라는 말을 했어요. 너무 바빠서 오줌을 눌 시간조차 없다는 뜻이지요.

우리 조상들은 '망종 보기'라고 해서 그해 농사의 좋고 나쁨을 점치기도 했어요. 음력 4월에 망종이 들면 보리 농사가 잘 되어 빨리 거둬들일 수 있어요. 하지만 음력 5월에 망종이 들면 보리 농사가 늦어 보리 수확을 할 수 없게 된대요.

전라남도 지방에서는 망종에 '보리 그스름'이라는 풍습이 있어요. 풋보리를 베어다 불에 그을려 먹으면 이듬해 보리 농사가 잘 되고, 그해 보리밥도 달게 먹을 수 있다고 해요. 또 보리를 하룻밤 이슬에 맞혔다가 그 다음 날 먹기도 했대요. 이렇게 하면 아픈 허리가 낫고, 병 없이 지낼 수 있다고 믿었답니다.

본격적인
무더위의 시작
소서
小暑

옛날 어느 마을에 늙은 부부가 살고 있었어요. 이 부부에게는 신비한 구슬이 하나 있었는데 소원을 빌면 무엇이든 척척 들어주는 구슬이었지요.

"쌀 나와라, 뚝딱!"

"돈 나와라, 뚝딱!"

원하는 것을 말하면 모두 나오는 신비한 구슬이었어요.

그러던 어느 날, 부부의 집에 욕심쟁이 할머니가 놀러 왔어요. 욕심쟁이 할머니는 부부가 한눈을 파는 사이에 이 구슬을 슬쩍 가지고 달아나 버렸어요.

"아이고, 내 구슬!"

구슬을 잃어버린 늙은 부부는 끼니도 거르고 매일 마루에 앉아 한숨만 쉬었어요.

부부의 집에는 고양이와 개 한 마리가 함께 살고 있었어요. 고양이와 개는 부부의 모습을 보며 욕심쟁이 할머니가 훔쳐간 구슬을 다시 가져와야겠다고 생각했어요.

"주인님을 위해서 구슬을 찾아와야겠어."

고양이의 말에 개가 걱정스런 표정으로 말했어요.

"그 욕심쟁이 할머니가 잘 때도 구슬을 베개 밑에 넣어 두고 잔다는데 무슨 수로 구슬을 찾아오겠다는 거야?”

그러자 고양이가 머리를 절레절레 흔들며 혀를 찼어요.

“덩치 큰 녀석이 겁은 많아 가지고…….”

밤이 되자마자 고양이와 개는 강 건너 욕심쟁이 할머니 집으로 갔어요. 도착해서는 울타리 밖에서 머뭇거리며 구슬을 되찾을 궁리를 한참 동안 했어요.

잠시 뒤 고양이가 담을 훌쩍 넘어 광으로 들어갔어요. 광에는 쥐들이 정신없이 곡식을 갉아 먹고 있었지요. 그러다가 고양이를 본 쥐들이 깜짝 놀라 도망치려고 했어요. 그 순간 고양이가 우두머리 쥐의 꼬리를 앞발로 꽉 누르며 말했어요.

“방으로 들어가 구슬을 꺼내 오지 않으면 이 쥐를 잡아먹겠다!”

고양이의 말에 쥐들은 우두머리를 구하기 위해 부지런히 움직였어요. 얼마 뒤 욕심쟁이 할머니 집은 금방이라도 무너질 것처럼 삐걱거렸어요. 동네에 사는 쥐란 쥐는 모두 몰려 와서 기둥을 갉아댔거든요. 잠을 자던 욕심쟁이 할머니는 집이 삐걱거리는 소리에 놀라 허둥지둥 밖으로 뛰어 나왔어요. 어찌나 놀랐던지 베개 밑에 감추어 둔 구슬을 챙기는 것도 깜박 잊었답니다.

그 틈에 쥐들이 구슬을 가지고 고양이에게 왔어요. 고양이는 구

슬을 가지고 울타리를 훌쩍 넘어 밖으로 나왔어요. 개는 고
양이가 나오기만을 목이 빠져라 기다리고 있었지요.

　구슬을 본 개는 기뻐하며 펄쩍펄쩍 뛰었어요. 그러더니 자기가
구슬을 가지고 가겠다고 우겼어요.

　'내가 구슬을 가지고 가면 주인님이 칭찬해 줄 거야.'

　고양이는 개와 싸우고 싶지 않아 그러라고 했어요. 하지만 막상

강을 건널 때가 되자 걱정이 되기 시작했어요.

"구슬을 잘 물고 이 강을 무사히 건너갈 수 있겠니?"

개는 자신 있다는 듯이 머리를 끄덕였어요. 강을 반쯤 건너 왔을 때였어요. 개는 무심코 다리 밑의 강물을 쳐다봤어요.

그런데 이럴수가! 다리 밑에도 요술 구슬을 문 개가 한 마리 더 있는 게 아니겠어요?

개는 그 구슬도 갖고 싶어서 물에 뛰어들었고, 그 순간 구슬은 물속으로 사라졌어요.

이 소식을 들은 주인 부부는 개를 호되게 나무랐어요. 이때부터 개는 구박 덩어리가 되었어요. 마당으로 쫓겨나 잠을 자고 사람들이 먹다 남은 음식 찌꺼기를 먹는 신세가 되어 버렸지요.

소서는 양력으로 7월 7일경이에요. 이때부터는 날씨가 본격적으로 더워지는 데다가 장마까지 시작되어서 습도가 매우 높아요. 그래서 힘센 농부라도 더위 때문에 힘들어 했어요.

“어유, 더워서 도저히 일을 못하겠어.”

“아무래도 개장국으로 몸보신 좀 해야 할 거 같아.”

우리 조상들은 더위를 물리치기 위해 이때 특별한 음식을 먹었어요. 바로 개장국이지요. 요즘은 보신탕이라고 하지만 옛날에는 개장국이라고 불렀답니다.

소서에 먹는 음식 중 가장 대표적인 것이 바로 개장국과 삼계탕이에요. 삼계탕은 닭 안에 대추, 인삼, 황기, 마늘 등 몸에 좋은 재료를 넣고 팔팔 끓여 먹는 음식이에요. 요즘은 삼계탕이 흔한 음식이지만 옛날에는 매우 귀했어요. 그래서 가난한 백성들은 개장국을 주로 먹었답니다.

'더운 여름에는 개장국을 먹어야 기운이 나고 더위를 이길 수 있다.'는 말이 생길 정도로 개장국은 우리 조상들이 즐겨 먹던 음식이에요. 개고기에 파를 듬뿍 넣어 삶아낸 것을 개장이라고 하는데 후추를 쳐서 밥을 말아 먹었어요.

우리 조상들은 왜 일년 중 가장 더운 시기인 소서 무렵에 뜨거운 개장국을 즐겨 먹었을까요?

거기에는 과학적인 이유가 있어요. 한여름에는 덥기 때문에 목욕을 자주 하고 찬 것을 주로 먹어요. 그런데 덥다고 찬 것을 가까이 하면 오히려 기운이 떨어지고 소화도 잘 되

지 않아요. 이때 더운 음식을 먹으면 몸에 영양이 고루 공급되기 때문에 힘이 나요. 이것이 바로 열을 열로 다스리는 '이열치열'의 원리랍니다.

그렇다고 우리 조상들이 개장국이나 끓여 먹으면서 한가하게 논 것은 아니에요. 소서가 되면 잡초가 하루가 다르게 쑥쑥 자라기 때문에 부지런히 풀을 베어야 해요. 풀을 베어 내는 것을 김매기라고 하는데 농사일 중에서 가장 많은 일손이 필요한 작업이에요. 모를 심은 후 20~30일 뒤부터는 거의 매일 호미로 김을 매야 하지요.

또한 소서에는 장마나 가뭄에 대비해 특별히 물 관리에 힘써야 해요. 무너지기 쉬운 논둑을 관리하거나 가뭄이 들 것에 대비해 물을 충분히 저장해 두어야 한답니다.

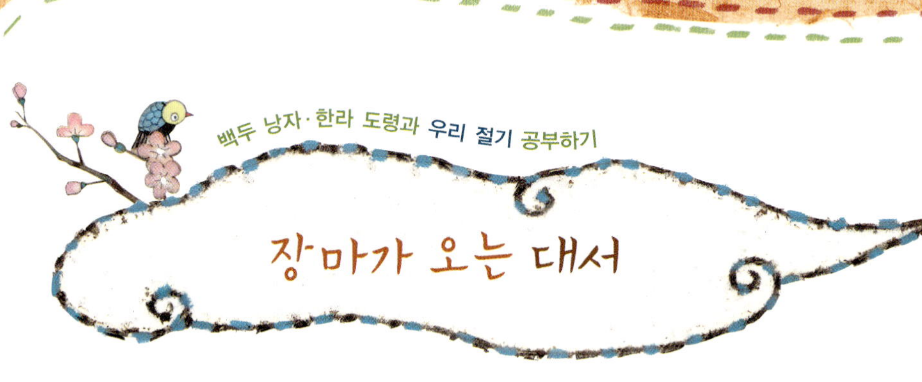

장마가 오는 대서

대서는 소서와 입추 사이에 있는 음력 6월, 양력 7월 23일경이에요. 대서는 '큰 더위'라는 뜻으로 몹시 덥고 큰 장마가 지는 절기예요.

우리나라는 일년 중 소서와 대서 무렵이 가장 더울 때랍니다. 옛날 우리 조상들은 대서가 되면 잡초를 뽑고, 거름을 만들었어요.

조상들은 대서에서부터 입추까지의 기간을 5일씩 나눠서 구분했어요. 첫 5일에는 썩은 풀이 변하여 반딧불이 되고, 두 번째 5일에는 흙이 습하고 무더워지며, 마지막 5일에는 큰 비가 내린다고 했지요. 실제로 대서 무렵에는

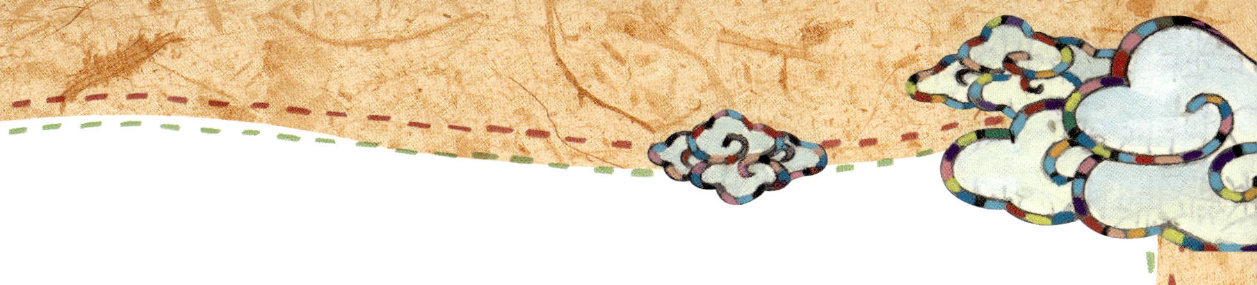

장마 전선이 우리나라 동·서에 걸쳐져 큰 장마가 지곤 해요.

과일을 이때가 가장 맛있어요. 대서 무렵에 먹은 대표적인 과일로는 참외와 수박이 있어요. 참외와 수박은 비가 너무 많이 오면 맛이 없기 때문에 적당한 양의 비가 와야 가장 좋다고 해요. 비 때문에 과일의 단맛이 없어지거든요. 수박은 가뭄이 든 뒤에 도리어 제 맛을 낸다고 해요.

대서 무렵에는 초복·중복·말복이 있는데, 이를 통틀어 '삼복'이라고 해요. 초복과 중복은 항상 10일 간격이에요. 중복과 말복은 10일인 때도 있고, 20일인 때도 있답니다.

'복날 벼 크는 소리에 개가 놀라 짖는다.'라는 말에서 알 수 있듯, 대서 무렵에는 벼줄기에 마디가 생기면서 성장이 매우 빨라진답니다.

선선한
가을 바람
처서
處暑

 처서라는 이름은 여름이 지나고 선선한 가을이 시작된다고 해서 붙여졌답니다.

옛말에 '처서가 지나면 모기의 입이 삐뚤어진다.'라는 재미있는 속담이 있어요. 이 말은 처서 무렵이 되면 여름 내내 사람들을 괴롭히던 모기나 파리 등의 해충이 사라진다는 뜻이에요.

우리 조상들이 처서 무렵에 가장 싫어한 것이 바로 비예요. 처서 무렵에 비가 많이 내리면 그해 농사를 망치거든요. 그래서 이때 내리는 비를 아주 싫어했어요. 이런 이유로 비가 하루만 와도 발을 동동 구르곤 했지요.

제주도에는 처서에 관련된 재미있는 이야기가 전해 내려오고 있어요. 처서 무렵에 큰 비를 내리려고 한 염라대왕의 뜻을 어긴 백중이라는 사람의 이야기인데 한번 들어 볼래요?

아주 먼 옛날, 제주도에 백중이라고 하는 사람이 살고 있었어요. 어느 날, 백중이 해안가에서 깜박 잠이 들었어요.

얼마쯤 지났을까요?

갑자기 어디선가 옥황상제의 목소리가 들려왔어요.

"거북아, 거북아!"

　그 소리에 백중이 깜짝 놀라 자리에서 벌떡 일어났어요. 그러나 주위를 둘러보아도 아무도 없었어요.

"내가 꿈을 꿨나?"

　백중은 이렇게 중얼거리며 다시 누우려고 했어요. 바로 그때, 바위 뒤에 커다란 거북이 하늘을 향해 머리를 조아리고 있는 모습이 보였어요. 옥황상제는 바로 그 거북에게 명령을 하고 있는 것이었어요.

"오늘 밤, 석자 다섯 치의 비를 세상에 내리게 하여라!"

　석자 다섯 치는 1미터가 넘는 높이예요. 이렇게 큰 비가 내리면 곡식이 어떻게 될까요? 지금도 그렇지만 옛날에는 조금만 많은 양의 비가 내리면 홍수가 났어요. 애쓴 농사를 망치는 것은 말할 것도 없고, 집에서 기르던 가축들도 물에 둥둥 떠내려갔지요.

　옥황상제가 거북에게 명령을 내린 때는 바로 처서였어요. 처서

에 비가 오면 '십 리에 천 석 감한다.' 라는 말이 있을 정도로 이 때 비가 오면 흉년이 들어요.

그런데 옥황상제는 하필 이렇게 중요한 때 이런 명령을 내렸을까요? 그건 사람들이 서로를 미워하며 싸웠기 때문이에요. 옥황상제는 그런 사람들을 혼내줘야겠다고 생각했어요. 그래서 곡식이 한창 여물어 갈 때에 비를 내리기로 한 거예요.

백중은 바위 뒤에 숨어서 거북의 모습을 지켜봤어요. 거북은 천천히 바다 쪽으로 걸어갔어요. 옥황상제의 명령을 용왕에게 전하기 위해서 떠나는 것이었어요.

백중은 마을을 돌아봤어요. 마을 사람들은 아무 것도 모른 채 곡식을 수확할 때만 간절히 기다리고 있었지요. 백중은 두려움에 몸을 부르르 떨었어요.

'여름 내내 농부들이 고생한 것들을 물에 떠내려가게 할 수는 없어!'

무엇인가를 결심한 백중은 손으로 코를 잡았어요. 그러고는 옥황상제의 목소리를 흉내 내기 시작했어요.

"거북아, 거북아!"

거북이 옥황상제의 목소리에 다시 큰 바위 앞으로 돌아왔어요.

“오늘 밤 다섯 치의 비만 내리게 하여라.”

거북은 옥황상제의 명령이 바뀐 것이 이상하긴 했지만, 고개를
끄덕이며 대답했어요.

“네. 알겠습니다.”

거북은 다섯 치, 즉 15센티미터의 비를 뿌리기 위해 바닷속으로 들어갔어요.
이윽고 밤이 되자 부슬부슬 비가 내리기 시작했어요. 사람들은 잠을 이루지 못하고 걱정스러운 얼굴로 하늘을 올려다봤어요. 다행히 백중 덕분에 큰 비는 내리지 않았지요.

하늘에서 이 모습을 지켜 본 옥황상제는 무척 화가 났어요. 인간 세계에서 누군가 자기의 흉내를 내서 명령을 바꾼 사실을 알게 되었거든요. 옥황상제는 자신의 뜻을 거스른 자를 절대 용서할 수 없었어요.

"내 뜻을 거스른 그놈을 염라국의 불구덩이에 떨어뜨려라!"

한편, 백중은 밤새 빗소리에 온 신경이 곤두섰어요. 다음 날 아침, 동이 트자마자 마을의 곡식이 그대로 인 것을 보고서야 백중은 안심을 했어요.

하지만 마음은 너무나도 무거웠지요. 옥황상제의 명을 어겼으니 그럴 수밖에요. 백중은 한동안 마당에 나와 땅이 꺼져라 한숨을 내쉬었어요.

그러다가 뭔가에 홀린 듯 파도가 치는 절벽 위로 올라갔어요.

절벽 밑에서는 집 채 만한 파도가 철썩철썩 부딪혀 산산이 부서지고 있었지요. 백중은 파도를 물끄러미 내려다 봤어요. 그러더니 무시무시한 파도 속으로 몸을 던졌어요.

사람들은 한참이 지나서야 백중이 죽은 이유를 알게 되었어요.

“백중은 우리를 위해 죽은 거야.”

“백중이 아니었으면 지금쯤 우리 마을은 어떻게 됐을까?”

사람들은 자신들 때문에 염라국의 불구덩이 속에서 괴로워하고 있을 백중을 위해 정성껏 제사를 지내기로 했어요.

지금도 제주도에서는 마을을 위해 자신을 희생한 백중의 넋을 위로하기 위해, 해마다 처서 무렵인 음력 7월 15일에 제사를 지내고 있답니다.

처서 무렵은 큰 비만 내리지 않으면 너무 좋은 때예요. 바쁜 여름 농사가 끝이 나고, 가을걷이에 대한 기대로 가슴이 부풀어 오르는 때거든요. 그래서 처서가 되면 조상들은 호미를 깨끗이 씻어 광에 걸어 두고, 함께 음식을 나누어 먹으면서 여름 농사를 마친 기쁨을 나누곤 했답니다.

또 한 해 동안 농사를 열심히 지은 머슴들에게는 특별히 새경을 나눠 주기도 했어요. 새경이란 일해서 받는 돈을 말해요. 주머니 사정이 넉넉해진 머슴들을 위해 큰 장이 서기도 했지요.

“오늘은 우리 머슴들을 위한 잔칫날이야!”

“마음껏 놀아 보자고.”

한 해 동안의 수고한 머슴들을 위해 잔치를 벌이는 마을도 있었어요. 특히 그 해 농사가 가장 잘 된 집의 머슴은 특별 대접을 받았지요. 농사가 가장 잘 된 집의 머슴은 소를 타고 마을을 한 바퀴 돌면서 술과 안주를 대접받았어요. 장가를 가지 못한 머슴들은 한가한 처서 무렵을 이용해 늦장가를 들기도 했답니다.

가을이 오는 입추

가을은 봄에 뿌린 씨앗을 여름내내 가꾸어 수확하는 계절로 입추, 처서, 백로, 추분, 한로, 상강 등의 절기가 있어요.

그중 입추는 대서와 처서 사이에 있으며 음력 7월, 양력 8월 8일 경이에요. 입추라는 말은 여름이 지나고 가을에 접어든다는 뜻이에요.

대부분 입추가 지나면 서늘한 바람이 불기 시작해서 입추부터 가을을 준비했어요. 특히 이때 김장용 무, 배추 등을 심고 서리가 내리기 전에 거두어

서 김장에 대비했답니다.

　입추가 지나면 김매기도 끝나고 농촌의 바쁜 일도 한가해 지는 시기예요. '어정 7월, 건들 8월'이라는 말이 있어요. 이 말은 5월이 모내기와 보리 수확으로 매우 바쁜 달임을 표현하는 '발등에 오줌 눈다.'라는 말과는 전혀 다른 느낌이에요. '어정 7월, 건들 8월'은 하는 일 없이 시간이 간다라는 뜻이랍니다.

　입추가 지나면 아낙들은 곧바로 가족의 옷을 지을 베를 짜기 시작했어요. 옛날에는 지금처럼 옷을 시장에서 사서 입는 게 아니라, 집에서 직접 만들었거든요. 온 가족이 입을 옷을 다 지을 수 있을 만큼 베를 짜려면 아낙들은 겨울까지 또다시 어깨가 뻐근해지도록 일을 해야 했지요.

이슬이 내리기 시작하는 날

백로

白露

백로가 되면 들판에는 곡식이 누렇게 익어 가요. 이때는 열심히 농사 지은 햇곡식을 거두는 때거든요.

낫을 들고 한 해 동안의 결실을 거두는 농부들의 얼굴을 생각해 보세요. 얼마나 행복할까요?

백로 무렵이면 농촌의 들녘에는 추수의 기쁨을 즐기기 위한 농악 소리로 가득했어요. 농사꾼들이 중심이 되어 그해 농사가 풍년인 집을 찾아다니며 풍물을 쳐요. 그러면 그 집에서는 정성껏 음식과 술을 대접했어요.

이렇게 추수가 끝나면 그해 가장 먼저 수확한 햇곡식과 햇과일을 조상님에게 바칠 준비를 했어요. 햇곡식과 햇과일은 가장 먼저 조상님에게 바쳐야 복을 받을 수 있다고 생각했거든요.

그런데 강원도의 한 마을에는 햇곡식과 햇과일을 마련하지 못해 엉뚱한 것을 조상님에게 바친 나무꾼 이야기가 전해 내려오고 있답니다. 한번 들어 볼래요?

옛날에 가난한 총각이 홀어머니와 함께 살고 있었어요. 아버지는 총각이 어렸을 때 돌아가셨지요. 그 바람에 총각은 물려받은 재산도 하나 없이 힘겹게 살아야 했어요.

총각은 산에서 나무를 해 장에 내다 팔아서 하루하루 끼니를 겨우

해결했어요. 그래도 마음씨 착한 총각은 힘들어 하지 않고 어머니와 조상들을 정성껏 모셨답니다.

그러던 어느 해, 아버지 제삿날이 다가왔어요. 아버지 제삿날은 백로 무렵이었어요. 이때는 추수철이라 농사꾼들의 집에는 햇곡식과 햇과일이 넘쳐 났어요. 하지만 총각은 나무꾼이었어요. 총각이 제사상에 올릴 햇곡식과 햇과일을 마련하려면 나무를 많이 해서 시장에 팔아야 했지요.

'내일은 아버지 제삿날이니까 나무를 다른 날보다 두 배는 많이 해서 제사 음식을 마련해야겠다!'

그런데 이게 웬일이에요? 아침에 일어나 보니 비가 억수같이 내리는 게 아니겠어요. 총각은 애가 타서 발을 동동 굴렀어요.

"애야, 너무 걱정하지 말거라. 조금 있으면 그치겠지."

어머니가 총각을 위로했어요.

그러나 낮이 되자 비는 더 세차게 퍼부었어요. 저녁 때가 되어도 좀처럼 그치지 않았지요.

한참을 고민하던 총각은 나무를 할 때 쓰는 도끼를 갈기 시작했어요. 그 모습을 보고 어머니가 물었어요.

"아니, 애야. 도끼는 왜 가느냐?"

"올해는 제사상에 올려놓을 햇곡식과 햇과일을 준비하지 못했
으니, 제가 나무를 할 때 쓰는 도끼를 갈아서 상에 올리겠습니다."
　총각의 말을 들은 어머니는 펄쩍 뛰었어요.
　"도끼를 제사상에 올려놓다니, 그게 무슨 말이냐?"
　"어머니, 저희가 일부러 음식을 장만하지 않은
게 아니니 아버지도 이해하실 겁니다. 도
끼를 제사상에 올려놓으면 아버님께서
나무를 잘 할 수 있도록 도와주실 거예
요."
　한밤중이 되자, 총각은 제사상에
정화수 한 그릇과 날이 반듯하게
선 도끼를 올려놓았어요. 그러
고는 정성껏 제사를 모셨어요.
　한편, 그날 밤 총각의 아버
지는 제사 음식을 먹기 위
해 저승에서 내려왔어요.
　그런데 이게 뭐예요?
제사상에 음식이 하나

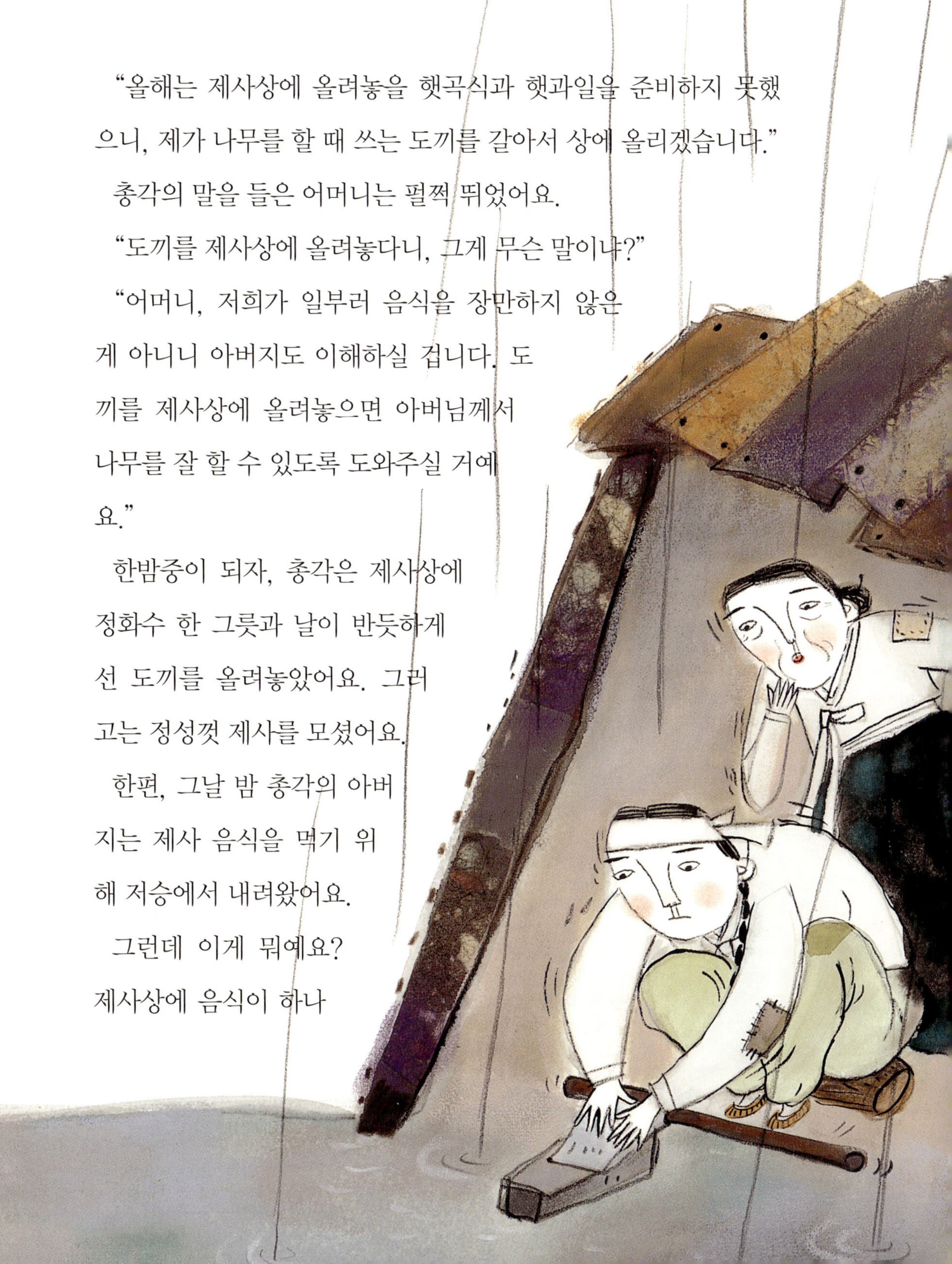

도 없는 게 아니겠어요. 아버지는 제사상을 물끄러미 바라

보았어요. 그리고 아들의 마음을 알게 되었지요. 아버지는

정화수를 한 모금 마시면서 깊은 한숨을 쉬었어요.

'내가 물려준 재산이 없어 자식의 고생이 크구나!'

며칠 후, 아버지는 총각의 꿈에 나타나 말했어요.

"아들아, 내가 재산을 물려주지 못해 네가 고생이 많구

나. 네가 마련한 제사상은 잘 보았다."

아버지가 제사상을 잘 보았다는 말에 총각의 눈에서는 눈

물이 주르르 흘러내렸어요.

"아버지, 죄송합니다. 다음부터는 미리 나무를 해서 그해

처음으로 나온 햇곡식과 햇과일을 제사상에 꼭 올려놓도록

하겠습니다."

아들은 꿈속에서도 너무 슬퍼 하염없이 눈물을 흘렸어요.

"아니다. 정성이 중요한 게지. 아무 걱정하지 말고

내일 아침 눈을 뜨자마자 황 부잣집으로 가도록

해라."

“황 부잣집은 왜요?”

“황 부자에게 가서 마을 뒷산에 있는 조그만 논에서 농사일을 하게 해 달라고 부탁을 하거라.”

다음 날 아침 잠에서 깨어난 총각은 참 이상한 일이라고 생각했어요. 마을 뒷산에 있는 조그만 논은 농사를 지을 수 없는 황무지였기 때문이지요. 하지만 총각은 꿈이 너무 생생해서 아버지가 시킨 대로 따르기로 했어요.

총각이 황부자에게 찾아가 부탁을 했더니, 황부자는 쉽게 허락해 주었어요. 총각은 곡괭이를 가지고 뒷산에 있는 조그만 논으로 갔어요. 그곳에는 잡초만 무성해서 도저히 농사를 지을 수 없는 곳이었지요. 그래서 첫날은 그냥 집으로 돌아왔어요.

그런데 그날 밤, 아버지가 또 꿈에 나타났어요.

"아들아, 내일은 땅을 한 길 정도만 파 보거라."

한 길은 2~3미터 정도의 길이를 말해요. 총각은 아침 일찍 땅을
파기 시작했어요. 그렇게 한 길쯤 파다 보니까 곡괭이 끝에 딱딱
한 것이 걸렸어요.

"아니, 이게 웬 항아리지?"

총각은 고개를 갸웃거리며 항아리를 가지고 집으
로 돌아왔어요. 그리고 어머니와 함께 항아리
의 뚜껑을 열었어요.

그랬더니 글쎄! 항아리 안에 금덩어리가 가득 들어 있는 게 아니 겠어요.

"네가 마음을 다해 제사를 모셔서 아버지가 우리를 도와주는가 보구나!"

어머니는 기뻐서 눈물을 흘렸어요.

금덩어리 덕분에 총각과 어머니는 부자가 되었어요. 그 뒤로 총 각은 조상들의 제사를 더욱 정성껏 모셨답니다.

이처럼 옛날에는 조상의 제사는 항상 정성을 다해서 지내야 한 다고 생각했어요. 정성이 부족하면 조상이 노해서 화를 입게 된다 고 믿었지요. 정성을 다해 조상을 모시면 그에 맞는 보답을 받는 다고 생각했답니다.

백로를 앞뒤로 해서 조상에게 제사를 올리고 나면 생활에 여유 가 생겨요. 그래서 제사를 지낸 여자들은 보고 싶은 가족이 있는 친정집을 찾아가기도 했어요. 이를 '근친'이라고 해요. 근친은 떨 어져 살던 아들과 딸이 부모를 찾아뵙고 인사를 드리는 풍습이에 요. 그중에서도 특히 시집간 딸이 친정 나들이하는 것을 말한답니 다.

충남과 전남 지방에서는 시집 간 딸과 친정어머니가 음식을 장만해서 중간 지점에서 만나는 풍속이 있어요. 그리고 준비한 음식을 먹으면서 그동안 하지 못했던 이야기를 나누곤하지요. 이를 '반보기'라고 불러요. 이처럼 백로 무렵은 여유와 풍요로움이 가득한 때랍니다.

낮과 밤의 길이가 같은 추분

추분은 백로와 한로 사이의 절기로 음력 8월, 양력 9월 23일경이에요.

이날은 낮과 밤의 길이가 같아지는 날이기도 해요. 이런 이유로 우리 조상들은 추분을 기준으로 여름과 가을을 구분했어요. 추분이 지나면 밤이 점차 길어지고 낮이 짧아지거든요. 추분이 되어 밤이 길어져야 비로소 여름이 가고 가을이 왔다는 사실을 알게 되는 거예요.

추분에는 논밭의 곡식을 다 거둬요. 그리고 목화를 수확하거나 고추를 따서 말리는 등 잡다한 가을걷이가 시작되지요.

호박고지, 깻잎, 고구마순 등 겨우내 즐겨 먹던 반찬거리도 이때 거둬야 해요. 산채를 말려 묵은 나물을 준비하기도 했고요.

한 해 동안의 농사를 마무리 하면서 가을 누에치기, 건초 장만하기, 병충해 방지하기 등 겨울 준비를 하기도 했답니다.

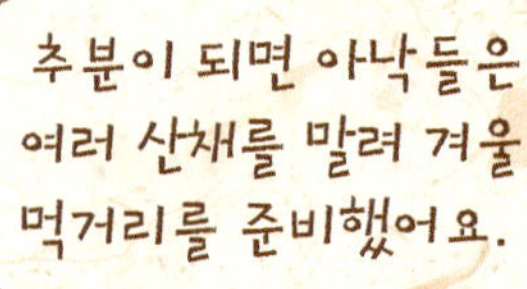

　조상들은 추분을 5일씩 구분하여, 첫 번째 5일 동안은 장마가 끝나 비가 많이 내리지 않는다고 했어요. 두 번째 5일 동안은 벌레가 흙을 덮고 겨울잠을 잘 준비를 하고, 세 번째 5일 동안은 땅 위의 물이 마른다고 했답니다.

　추분은 하늘이 맑고 기후가 청명해요. 더불어 곡식이 풍성한 시기예요. 1년 내내 땀 흘려 가꾼 온갖 곡식을 부지런히 거둬 겨울 준비를 하는 시기이기도 해요.

　추분이 지나면 서리가 내리고 밤이 길어져요. 제비는 따뜻한 곳으로 날아가고 북쪽에서는 기러기가 우리나라를 찾아온답니다.

산에 올라
단풍을 즐기는 날
한로
寒露

"할아버지, 뭐 하세요?"

할아버지는 마당에서 뒷짐을 진 채 하늘을 올려다보고 있었어요. 그런 할아버지 곁으로 손자들이 살그머니 다가갔지요.

먼 산의 나무들은 어느새 울긋불긋 단풍이 들어 바람에 한들한들 춤을 추고 있었지요.

"한로가 되니까 하늘이 파랗고 참 곱구나!"

"바람이 상쾌해서 이런 날에는 놀러 갔으면 좋겠어요."

손자의 말에 할아버지는 흐뭇하게 웃으며 고개를 끄덕였어요.

"그럼 우리 산에 놀러 갈까?"

할아버지는 할머니에게 먹을 것을 싸달라고 해서 손자들과 함께 산에 올랐어요.

"애들아, 저기 좀 보거라."

할아버지가 가리키는 곳을 보니, 갓을 쓴 선비들이 단풍과 국화 옆에서 시를 짓고 있었어요.

24절기 중 한로가 있는 9월은 단풍 구경하기 좋은 때예요. 우리 나라에선 신라 시대부터 매년 한로가 되면 임금님과 신하들이 함께 단풍 구경을 하며 시를 지었어요.

여름 내내 고된 농사일을 마친 백성들도 술과 음식을 마련해서 산이나 계곡으로 단풍 구경을 가곤 했지요.

요즘도 한로 무렵이 되면 단풍 구경을 가는 어른들을 자주 볼 수 있어요. 학교에서는 가을 소풍을 가고요. 이처럼 한로는 산에 올라 즐기기 좋은 때예요.

전라남도 진도 지방에서 전해 내려오는 '월령가'를 보면 한로에 우리 조상들이 어떻게 즐겼는지를 알 수 있어요. 월령가란 한 해 동안의 기후 변화나 놀이, 행사 등을 달의 순서에 따라 읊은 노래를 말해요.

구십 춘광 좋다 해도

구월 중구만 못하다네

봉봉이 단풍이요

골골이 황국이라

국화야 너는 어찌

춘삼월을 다 보내고

추일수심 피어 있냐.

이 노래를 보면 알 수 있듯이 우리 조상들은 한로 무렵 산에 올랐어요. 그리고 국화로 떡이나 술을 해 먹었지요. 특히 국화술을 나누어 먹으며 '무병장수'를 기원했답니다. 무병장수는 병 없이 건강하게 오래 사는 것을 말해요.

한로에 왜 국화술을 먹게 되었는지 궁금하지 않나요? 중국에서 전해 내려오는 이야기를 잠깐 들어 보세요.

옛날 장방이라는 사람이 살고 있었어요. 그는 미래를 내다보는 신비한 능력을 가지고 있었어요.

어느 날 장방은 환경이라는 사람을 찾아가 이렇게 말했어요.

"돌아오는 9월 9일에 당신 집에 큰 재앙이 닥칠 것이오."

이 말을 들은 환경은 깜짝 놀랐어요.

"어떻게 하면 그 재앙을 피할 수 있겠습니까? 제발 재앙을 피하는 방법을 알려 주세요."

장방은 한참을 고민하더니 환경에게 말했어요.

"식구들을 모두 데리고 높은 산에 올라가시오. 그리고 식구들에게 국화로 담근 술을 마시게 하십시오."

장방의 말이 끝나자마자 환경은 식구들을 모두 데리고 산에 올라갔어요. 그리고는 장방이 시킨 대로 국화를 따다가 국화주를 담궈 마시며 하루를 보냈어요. 한참을 놀다가 해가 진 다음에 집으로 돌아왔지요.

그런데 집으로 돌아온 환경은 너무 놀라 입을 다물 수 없었어요. 집 안에 있던 소, 돼지 등의 가축들이 모두 죽어 있었기 때문이에요.

'장방의 말을 듣지 않았다면 우리 식구가 모두 큰일을 당할 뻔했구나!'

환경은 장방을 찾아가 머리를 조아리며 감사 인사를 했어요. 이 소문은 삽시간에 마을로 퍼졌어요.

그 뒤로부터 사람들은 한로가 되면 산에 올라 국화떡과 국화주를 마시는 풍습이 생겼답니다.

그런데 왜 하필 많은 술 중에 국화주를 먹었을까요? 그건 한로 때에 국화가 가장 많이 피어나기 때문이에요. 지금도 한로가 되면 어디서나 활짝 핀 국화를 볼 수 있지요.

우리 조상들은 주변에서 쉽게 볼 수 있는 국화를 따다가 국화떡이나 국화전 등 온갖 요리를 해 먹었답니다.

한로 무렵에 하는 재미있는 풍습이 하나 더 있어요. 한번 알아볼까요?

어른들이 높은 산에 올라가 국화주를 마시는 동안, 술을 마시지 않는 아이들과 아낙들은 무엇을 하며 시간을 보냈을까요? 아이들과 아낙들은 산 이곳저곳을 돌아다니며 수유나무를 찾았어요.

그러다 나무를 찾으면 수유 열매를 따서 머리에 꽂았답니다. 요즘 이런 행동을 하면 친구들에게 놀림을 받았을 거예요. 하지만 옛날에는 많은 아이들이 수유 열매를 머리에 꽂고 다녔어요. 물론 이런 행동을 하는 데는 재미있는 이유가 있답니다.

우리 조상들은 한로 무렵 산에 올라 수유 열매를 머리에 꽂으면 나쁜 귀신을 쫓을 수 있다고 믿었기 때문이에요.

수유 열매는 붉은 자줏빛인데 조상들은 붉은색이 귀신을 쫓는
색이라고 생각했어요. 그래서 수유 열매를 머리에 꽂으면 나쁜 귀
신을 물리칠 수 있다고 생각했던 거예요.

추석 때 햇곡식을 준비하지 못해 제사를 올리지 못한 집에서는
한로에 차례를 다시 지내기도 했어요. 전라도 지방에서는 '시제'
를 올리기도 했어요. 시제는 시향이라고 부르기도 하는데 5대 이
상의 조상을 위한 제사를 말해요. 시제는 집이 아닌 조상의 무덤
이 있는 선산에서 지냈답니다.

조상들에게 시제를 올릴 때는 그해 농사를 잘 짓게 해 준 것을 감사하기 위해 신줏단지 등에 있는 곡식을 햇곡식으로 바꿔야 해요. 신줏단지는 보통 장손의 집안에서 항아리에 조상들의 신주를 모시는 것을 말해요. 이때 신주와 함께 곡식을 넣어 안방의 선반 위에 보관하곤 해요. 그래서 시제를 올릴 때는 햇곡식으로 바꾼 신줏단지로 제사를 지냈답니다.

한로는 '찬 이슬이 맺히는 때'란 뜻이에요. 한로 즈음에는 찬 이슬이 맺힐 시기여서 하루가 다르게 기온이 내려가요.

한로와 상강의 절기가 되면 조상들이 국화떡과 국화주 외에 먹는 것이 있어요. 바로 추어탕이지요. 미꾸라지를 펄펄 끓인 탕을 추어탕이라고 하는데, '가을에 누렇게 살찌는 고기'라는 뜻에서

‘추어탕’이라는 이름이 붙었다고 해요. 먹거리가 풍족하지 않던 옛날에 추어탕은 손쉽게 영양을 보충할 수 있는 보양식이었어요.

알록달록 물든 가을 산에 올라 국화주를 마시고, 모두 둘러 앉아 추어탕을 먹는 모습은 한로가 아니면 볼 수 없는 광경이었답니다.

서리가 내리는 상강

상강은 한로와 입동 사이에 있는 절기예요. 음력 9월, 양력 10월 23~24일 즈음이 되지요.

이때는 쾌청한 날씨가 계속 되고 밤에는 기온이 매우 낮아 서리가 내린답니다.

우리 조상들은 상강으로부터 입동 사이의 기간에는 승냥이가 산짐승을 잡거나 나무와 풀들이 누렇게 변하고, 겨울잠을 자기 위해 벌레가 모두 땅으로 숨

는다고 했어요. 이것은 상강 무렵이 계절적으로 매우 추울 때라는 뜻이지요.

　봄에 씨를 뿌리고 여름에 가꾸어 가을에 추수를 해 겨울을 지내는 것이 우리 조상들의 생활이었어요.

　9월에 시작된 추수는 대부분 상강 때 모두 마무리가 된답니다.

　만약 이때까지 농사일을 마무리 짓지 못하면 서리 때문에 큰 피해를 입을 수 있어요. 서리 맞은 채소나 농작물은 모두 얼어버리기 때문이지요.

　농사를 지으며 살아 온 조상들은 서리를 두려워했어요. 서릿발을 치게 하는 신에게 '청녀'라는 예쁜 이름을 붙여주기도 했어요. 이름이라도 예쁘게 붙여 줘서 서리를 내리는 신의 마음을 달래 보려고 했던 것이에요.

　그러나 요즘은 비닐하우스와 각종 난방 시설의 발달로 상강이 되어도 농촌의 일손은 매우 바쁘답니다.

옛사람들의
겨울 준비
입동
人冬

"가만 있자 오늘이 무슨 날이냐?"

시어머니가 부엌에서 부지런히 부엌살림을 하고 있는 며느리에게 물었어요.

"어머니, 입동이에요."

며느리의 말을 들은 시어머니는 깜짝 놀라 며느리를 호되게 야단쳤어요.

"오늘이 입동이면 얼른 준비를 시작해야 할 것 아니냐?"

"무슨 준비를 하나요?"

"김장이지. 입동이 되면 김장 준비를 서둘러야 하거늘……."

입동은 겨울의 시작을 알리는 절기예요. 입동이 되면 추위가 본격적으로 시작되기 때문에 옷차림도 차츰 겨울옷으로 바뀌기 시작하지요. 그래서 입동에는 특별한 행사가 없어도 아낙들은 겨울살림 준비를 하느라 아주 바빴답니다.

겨울 살림 준비라고 하면 여러분은 무엇이 생각나나요?

우리 조상들은 입동 무렵이 되면 집집마다 김장을 담그는 일로 바빴어요. 요즘은 김치를 사 먹는 사람들이 많아지면서 김장을 담그는 집이 점점 줄고 있어요. 하지만 옛날에는 김장을 하지 않는 집이 거의 없었답니다.

김장은 왜 하필 입동 무렵에 해야 하는 걸까요?

입동이 지나면 재료가 얼어붙거나 싱싱한 재료를 구하기 어렵고
추워서 일하기가 힘들어져요. 그래서 입동이 되면 아낙들은 김장
을 하기 위해 부지런히 무, 배추 등을 준비했답니다.

김장은 우리나라 사람들의 대표적인 먹거리인 김치를 한꺼번에
많이 담그는 것을 말해요. 우리 조상들은 아주 먼 옛날부터 김치
를 만들어 먹었지요. 고려 시대 이규보가 쓴 《동국이상국집》이란

책을 보면 무를 소금에 절여 먹었다는 기록이 남아 있어요. 이것
으로 보아 고려 시대 때부터 김치를 담가 먹었다는 것을 알 수 있
지요.

김장은 봄철의 새우젓 담그기부터 시작해요. 초가을에는 고추와
마늘 등 양념거리를 준비하지요. 그리고 배추와 무 등의 채소를
수확하게 되면 입동 무렵에 본격적으로 김장을 담근답니다.

김장은 지방과 집안에 따라 재료와 조리법이 다르기 때문에 맛

이 매우 다양해요. 하지만 모든 김치에 들어가는 재료가 하나 있어요. 바로 고춧가루지요.

그런데 고춧가루가 처음 우리나라에 들어 왔을 때, 조상들은 고춧가루를 무기로 사용했답니다. 전쟁이 일어났을 때 적들을 향해 고추를 태운 매운 연기를 날려 보냈다고 해요. 가까이 있는 적들에게는 얼굴에 고춧가루를 뿌리기도 했고요. 고춧가루를 얼굴에 맞은 적들이 얼마나 괴로웠을지 상상이 되지요?

무기로 이용하던 고춧가루를 어떻게 해서 김치 담글 때 쓰게 되었는지는 알 수 없어요. 처음 고춧가루가 들어 왔을 때는 고춧가루를 모르는 사람이 많았거든요.

평안도의 한 마을에서는 고춧가루에 얽힌 재미있는 일이 일어나기도 했답니다. 한번 들어 볼래요?

마을 원님은 양반들과 정자에 모여 풍류를 즐기고 있었어요. 그런데 갑자기 한 보따리장수가 나타나 소란을 피우며 흥을 깼어요. 화가 난 원님이 보따리장수에게 호통을 치며 물었어요.

"도대체 누구길래 이리 소란을 피우느냐?"

"소인 억울한 일이 있어서 원님의 도움을 청하고자 합니다."

"그래, 무슨 일인지 한번 들어 보기나 하자."

“소인이 이 마을의 입구에 도착했을 때의 일입니다.”

원님과 양반들은 보따리장수의 말에 귀를 기울였어요. 보따리장수는 한숨을 쉬더니 계속 말했어요.

“그런데 이 마을을 지키는 포졸이 길을 막고 신분을 밝히라고 하지 뭡니까? 그래서 고춧가루 파는 보따리장수라고 했더니, 다짜고짜 고춧가루가 뭐냐고 한자로 써 보라고 하지 뭡니까?”

마을을 지키는 포졸은 고춧가루라는 말을 처음 들었던 거예요. 그래서 고춧가루를 파는 보따리장수를 수상히 여긴 것이죠.

“그래서?”

“제가 한글은 알아도 한자를 모릅니다. 그래서 모른다고 하며 한글로 ‘고춧가루’를 적었습니다. 그랬더니 수상하다고 하면서 곤장을 치겠다고 위협하는 게 아니겠습니까?”

보따리장수의 말에 원님은 혀를 찼어요.

“포졸이 한자로 적어 보라고 했으면 한자로 적을 것이지 왜 한글로 적었느냐?”

“소인이 한자를 모르는 데 어떻게 한자로 적어 냅니까요? 그래서 말인데요, 원님께서 무식한 소인을 위해 고춧가루를 한자로 어떻게 적는지 알려주십시오.”

고춧가루?

보따리장수의 말에 원님과 양반들은 당황해 딴전을 피우기 시작했어요.

"고춧가루라, 잠시만 기다리거라."

사실 원님도 고춧가루를 한자로 어떻게 적어야 할지 모르고 있었거든요. 하지만 원님 체면에 모른다고 할 수도 없었지요. 그래서 원님과 양반들은 서로 눈치만 살피고 있었어요.

그때 한 늙은 농부가 지나가면서 껄껄껄 웃었어요. 그러자 원님이 버럭 화를 냈지요.

"뭐가 그리 우습냐?"

"소인 서당 문턱도 밟지 못한 무식한 농사꾼이지만 고춧가루는 외국에서 들어온 양념 재료인지라 한자어가 없는 줄 압니다."

늙은 농부의 말에 원님과 양반들의 얼굴이 붉어졌어요.

남아메리카가 원산지인 고추는 17세기에 중국, 16세기에 일본에 전해졌어요. 우리나라는 《삼국사기》에 재배한 기록이 있고, 850년 잠은이 지은 《식의식감》에 고추장으로 탕을 끓여 먹었다는 기록이 있어요. 이 고춧가루 덕분에 오늘날의 김치가 탄생했다고 해도 잘못된 말은 아니에요.

우리 조상들은 육식보다 채식을 즐겼어요. 그런데 옛날에는 비닐하우스 등의 시설이 없었어요. 그러다 보니 겨울에는 채소를 구하기가 무척 어려웠지요. 이렇게 채소를 구하기 어려운 겨울철을 대비해서 입동 무렵에 김장을 담그기 시작했던 거예요.

그러면 그 많은 김장 김치를 어디에 보관했을까요? 조상들은 김치는 꼭 옹기에 보관했어요. 옹기에는 수없이 많은 숨구멍이 있어요. 바로 이 숨구멍을 통해 옹기는 숨을 쉬지요. 이처럼 숨을 쉬는 항아리이기 때문에 그 안에 김치를 넣어 보관하면 발효도 잘 되고 신선함도 오래 유지할 수 있었답니다.

입동 무렵 김장이 다 끝나면 옹기에 넣어 빨리 먹을 김치는 광 속에 늦게 먹을 김치는 땅속에 묻어 보관했어요. 땅속에 김칫독을 묻은 다음에는 그 위에 짚을 덮어 흙이 들어가는 것을 막았답니다.

봄부터 가을까지는 일하는 계절이고 겨울은 쉬면서 다음 해를
준비하는 계절이에요. 입동은 바로 겨울의 시작을 알리는 절기라
예로부터 입동 날씨로 그해 겨울의 날씨를 점치기도 했답니다.
그리고 입동이 되면 겨울을 따뜻하게 보내기 위해 열심히 장작
을 패는 사람을 어렵지 않게 볼 수 있었답니다.

땅이 얼기 시작하는 소설

소설은 입동과 대설 사이에 있는 절기예요. 음력 10월, 양력 11월 22일이나 23일이 소설이에요.

이때부터는 땅이 얼기 시작하고, 강에는 살얼음이 얼어요. 점차 겨울 기운이 나타나는 때랍니다. 하지만 낮에는 따뜻한 햇볕이 내리쬐어 소설을 작은 봄이라는 뜻의 '소춘'이라고 부르기도 해요.

조상들은 소설이 되면 세 가지 일이 일어난다고 했어요.

첫째, 무지개가 걷혀서 나타나지 않는다.

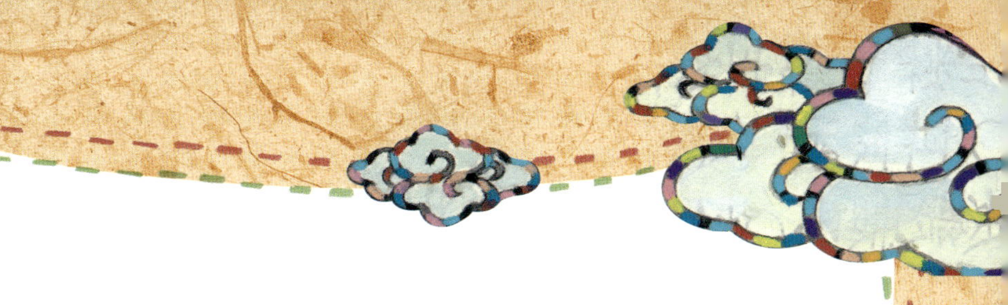

둘째, 하늘의 기운은 올라가고 땅의 기운이 내려온다.

셋째, 강산의 색깔이 변하여 겨울이 시작된다.

그런데 소설 무렵인 10월 20일 정도에는 바람이 심하게 불고 날씨가 차가워요. 이날 부는 바람을 '손돌 바람'이라고 하는데, 거기에는 다음과 같은 전설이 있어요.

조선 시대, 이괄의 난을 피해 인조가 한강을 건너가고 있는데 갑자기 풍랑이 일어 배가 심하게 흔들렸어요. 왕은 사공이 자기를 물에 빠뜨려 죽이려는 줄 알고 사공의 목을 베었어요. 사공은 아무 죄도 없이 억울하게 죽어버리고만 것이죠. 그 사공의 이름이 바로 손돌이었어요. 그래서 어부들은 손돌이가 죽은 곳을 손돌목이라고 하고, 손돌목을 지날 때마다 조심한다고 해요.

해마다 소설 무렵 부는 이 바람을 손돌 바람이라고 하는데, 어부들은 이 날에는 고기잡이를 하지 않거나 사당에 제사를 지내며 손돌이의 영혼을 위로하곤 해요.

큰 눈이 내리는 날
대설
大雪

대설은 소서와 동지 사이에 있는 절기로 음력으로는 10월, 양력으로는 12월 초랍니다. '대설'에 눈이 많이 내리면 다음 해에 풍년이 들거나 춥지 않은 겨울을 맞게 된다고 믿었답니다.

대설이 되면 조상들은 서낭제를 지냈어요. 마을 입구에 울긋불긋한 천으로 둘러쌓인 나무와 크고 작은 돌을 쌓아 놓은 서낭당에서 제사를 지내는 거예요.

서낭제를 지낼 때는 서낭당에 돌을 쌓아두는데 왜 이런 풍습이 생겼는지 궁금하지 않나요?

중국 주나라에 태공망이라는 낚시꾼이 살았어요. 그는 강에서 낚시만 하다가 은나라를 물리치고 칠순이 넘어 제나라의 임금이 되었어요. 그가 임금이 되어 제나라의 수도로 가던 길이었어요.

그때는 대설이라 눈발이 날리고 있었어요.

"저 분이 바로 제나라의 새 임금님이야."

사람들은 임금의 행차를 구경하며 이야기꽃을 피웠어요. 그런데 한 노파가 사람들을 헤집고 앞으로 나왔어요. 그러고는 태공망이 가는 길을 막고 고함을 질렀어요.

"태공망아, 너는 본처인 나를 버리고 어디를 가려고 하느냐? 나를 데리고 가거라. 그러지 않으면 여기서 한 발자국도 움직일 수 없다.”

사람들은 모두 어리둥절한 얼굴로 노파를 바라봤어요.

그녀의 말에 병사들은 그 누구도 노파를 막지 못했어요. 임금님의 본처를 누가 감히 막겠어요?

계속되는 소란에 태공망이 무슨 일인지 신하에게 물었어요.

“웬 노파가 폐하의 본처라고 우기며 길을 막고 있습니다. 어찌하면 좋을지요?”

“이리로 데리고 오너라.”

태공망은 신하를 시켜 노파를 불러왔어요. 그는 아내를 보자 기

분이 몹시 나빠졌어요. 그의 아내는 오래 전에 그를 버리고 다른
사람과 결혼을 했기 때문이지요.

"그대는 이미 오래전에 남편인 나를 버리고 딴 사람과 결혼하여
재미있게 사는 줄 알았는데 왜 이런 소란을 피우는가?"

"그래도 나는 당신 아내이니 나를 데리고 가시오."

노파는 태공망의 물음에 대답도 하지 않고 어린아이처럼 자기를 데리고 가라고 어거지를 부렸어요. 노파는 악을 쓰며 좀처럼 물러나지 않았어요. 태공망은 머리를 절레절레 흔들며 신하를 불렀어요.

“여봐라, 가서 물 한 동이를 길어 오너라.”

신하가 물을 길어오자 태공망은 그것을 노파 옆에 두라고 말했어요.

“내가 하라는 대로 하면 그대를 다시 아내로 맞아들이겠소. 하지만 그렇게 하지 못하면 다시는 내 앞에 나타나지 마시오.”

태공망의 말에 심술궂은 노파는 자기가 금세 왕비가 된 것처럼 우쭐댔어요.

‘흥, 태공망은 옛날에도 내 손에 놀아나던 사람이야. 내가 왕비만 되면 이 세상에 내 마음 대로 못할 것도 없지.’

왕비가 되고 싶었던 노파는 얼른 대답했어요.

“왕께서 나를 데려가 주기만 하면 어떤 일이라도 하겠소.”

말이 끝나자마자 태공망은 자리에서 벌떡 일어나서 옆에 있던 물동이를 높이 치켜들었어요. 그러고는 바닥에 던져 버렸지요.

“쨍그랑!”

물동이는 산산조각 났고 안에
있던 물은 땅으로 흘러내렸어요.
태공망은 큰소리로 말했어요.

"그대가 깨진 물동이를 다시 붙이
고 쏟아진 물을 그 물동이에 주워
담을 수 있다면 내가 다시 왕비로
맞이하겠소."

이미 엎질러진 물을 어떻게 다시
담을 수 있겠어요. 하지만 욕심 많
은 노파는 왕비가 되고 싶은 마음에
땅에 쏟아진 물을 자꾸만 만지작거
렸어요. 결국 노파는 눈이 펑펑 내
리는 대설에 그곳에서 얼어 죽고 말
았답니다.

후에 노파가 죽은 곳을 지나가던 사람들은 노파의 잘못된 욕심을 경계하며 그곳에 돌을 던졌어요. 바로 그 돌이 쌓여 서낭당이 되었다고 해요.

우리 조상들은 다른 이유로 서낭제를 지냈어요. 논이나 밭에 돌이 있으면 농작물이 잘 자라지 않거든요. 농사일이 바쁘지 않은 대설 무렵에 서낭제를 지내면서 논밭의 돌멩이를 서낭당으로 옮기는 행사를 했던 거예요.

또 돌을 함께 쌓아 두면 나중에 돌을 이용한 농기

구를 만들 때 재료를 쉽게 구할 수 있지요. 밭의 흙도 고르고, 농기구 재료도 모으고 일석이조의 효과를 거둘 수 있었던 거예요.

더불어 서낭당에 돌을 쌓아두면 전쟁이 났을 때 무기로 이용할 수도 있어요.

임진왜란 때는 권율 장군이 행주산성에서 돌멩이로 왜군을 물리친 일도 있었답니다. 서낭당은 반드시 마을 입구나 고개 밑에 있어요. 이곳은 마을이 시작되는 곳이자 전쟁이 나면 마을을 지키는 중요한 장소거든요.

이런 여러 가지 이유 때문에 서낭당 앞엔 점점 많은 돌이 쌓이게 되었어요. 그리고 그곳을 지나는 사람들은 서낭신에게 자신의 소원을 빌면서 돌을 하나씩 올려놓게 되었어요.

이처럼 우리 조상들은 농사일이 거의 없는 대설 무렵에는 서낭제를 지내며 마을의 평안을 바랐답니다.

팥죽을 쑤어 먹는 동지

동지는 흔히 '작은 설'이라고 불러요. '동지를 지나야 한 살 더 먹는다.'라는 말이 있을 정도로 우리 조상들은 동지를 중요하게 생각했어요.

동지는 1년 중에서 밤이 가장 길고 낮이 가장 짧아요. 동짓날 궁궐에서는 새해의 절기가 모두 표시된 책력을 만들어 임금님에게 올렸어요. 그러면 임금님은 옥새를 찍어 모든 신하들에게 나누어 주었지요. 이것은 동지 다음부터 낮이 길어지기 때문에 새로운 날의 시작이라는 의미로 지켜오던 풍습이

에요.

　하지만 뭐니 뭐니 해도 동지에 가장 중요한 풍습은 팥죽을 쑤어 먹는 일이에요. 동짓날 먹는 팥죽을 '동지 팥죽' 또는 '동지 시식'이라고 불렀답니다.

　동짓날 팥죽을 먹는 까닭은 팥죽이 붉은색이기 때문이에요. 우리 조상들은 팥죽의 붉은색이 집 안의 잡귀를 몰아낼 수 있다고 믿었거든요. 팥죽에는 나이 수만큼 새알심을 넣어요. 새알심은 찹쌀가루로 새알만하게 동글동글 빚은 것이에요.

　팥죽을 쑤면 사당에 먼저 올린 다음 방이나 장독 등 곳곳에 놓아요. 그런 다음 팥죽이 식으면 가족들이 모두 모여 먹는답니다. 팥죽을 사당에 올리는 것은 조상에게 바친다는 뜻이고, 집에 놓아 두는 것은 집 안의 온갖 잡귀를 쫓아낸다는 의미를 담고 있어요.

　동지에 먹는 다른 음식으로 비빔국수와 생강·잣·계피 등을 차게 한 뒤 곶감을 넣어 먹는 수정과 등이 있답니다.

일 년 중
가장 추운 날
소한
小寒

"아이구, 배야."

귀동이는 배가 아프다고 야단을 부렸어요. 형 귀복이는 배를 움켜쥐고 데굴데굴 구르는 동생을 놀렸어요.

"또 뭘 먹었길래 배가 아프냐? 나 몰래 먹은 게 뭐냐?"

"먹긴 뭘 먹어. 아이구, 배야. 할머니!"

귀동이는 얼른 할머니에게 달려갔어요.

"할머니, 배가 아파 죽겠어요."

"저런 저런, 가만 있어 봐라. 내가 약을 줄 테니까."

옛날 아이들은 겨울에 배앓이를 많이 했어요. 특히 '소한' 처럼 날씨가 추울 때는 더욱 그러했지요. 아이들이 배앓이를 하면 할머니나 어머니들은 약을 먹이고, 배를 문질러 주었어요. 그럼 신기하게도 아프던 배가 조금씩 나아졌답니다.

"할머니, 이젠 괜찮아요. 할머니 손은 정말 약손인가 봐요."

"이 할미 손이 약손이지. 하지만 납일에 만든 약이 할미 손보다 효험이 있어서 그런 거란다."

"납일이요? 납일이 뭔데요?"

'납일'은 24절기 중 가장 추운 절기인 '소한' 무렵에 있어요. '소한'은 '대한이 소한 집에 놀러 왔다가 얼어 죽었다.' 라는 속담이 있을 정도로 추운 절기예요.

이때는 농사일이 없기 때문에 조상들은 '납일'에 '납향제'를 지냈어요. 납향제는 그해에 지은 농사와 관련된 일이나 마을에 생긴 일을 사당에 고하면서 제사를 지내는 풍속이에요. 이를 '납향' 또는 '납향제'라고 했답니다.

이때 제물로는 멧돼지와 산토끼를 주로 올렸어요. 특히 멧돼지는 복을 가져다 준다고 해서 납향제를 지낼 때 제물로 큰 인기가 있었답니다. 제사상에는 멧돼지의 머리만 올려놓았지요.

납일이 되면 궁에서도 큰 제사를 지냈어요. 납일에 먹는 음식으로는 골동반, 장김치, 골무떡 등을 꼽을 수 있어요. 골동반은 요즘으로 치면 비빔밥을 말해요. 밥에다 볶은 고기와 나물을 넣고 갖은 양념과 고명을 섞어 비벼서 먹는 음식이지요.

백성들은 납일에 한 해 동안 쓸 수 있는 기름과 약을 준비했어요. 그런데 왜 하필 납일에 기름과 약을 준비했을까요?

그것은 바로 날씨 때문이에요. 납일은 소한 무렵이기 때문에 아주 추워요. 이렇게 날씨가 추울 때 약을 만들면 벌레가 생기지 않아 위생적이었거든요.

궁궐에 있는 내의원에서도 소한 무렵에 여러 가지 약을 만들어요. '배탈 날 때 먹는 약', '열을 내리게 하는 약', '감기가 걸렸을 때 먹는 약' 등을 만들어 각 관청이나 백성들에게 나누어 주었다고 해요.

그 가운데서도 '청심환'은 모든 병을 낫게 하는 약으로 아주 유명했답니다. 지금도 큰 시험을 보러 갈 때 청심환을 먹는 사람들이 있을 정도로 잘 알려진 약이지요. 청심환의 약효가 어느 정도인가 하면 중국에서는 '조선의 청심환을 먹으면 죽은 사람도 벌떡 일어난다.'라는 말이 있을 정도였어요.

우리나라에 온 중국 사신들은 너도나도 청심환을 구하기 위해 애를 썼어요. 그래서 간혹 중국 사신들에게 청심환 만드는 방법을 가르쳐 주기도 했어요. 그런데 이상하게도 중국 사람들이 만든 청심환은 우리나라에서 만든 청심환만큼 효과가 없었다고 해요. 정말 신기하지요?

소한 무렵에는 재미있는 풍습이 한 가지 더 있어요.

"김 서방과 이 서방은 산 위쪽에서 몰게."

"밑에서는 자네들이 잡게나."

마을 어른들과 병사들이 눈이 하얗게 덮인 산 중턱에 모여 의논을 하고 있어요. 마을 사람들과 병사들이 왜 눈 덮인 산 위로 올라

온 걸까요? 전쟁이라도 난 걸까요? 아니에요. 바로 사냥을 하기 위해서 모인 거예요.

"와아, 잡아라!"

산 위에서 한 무리의 사람들이 멧돼지나 토끼를 몰기 시작해요. 그러면 산 중턱에서 기다리고 있던 사람들이 그물이나 덫을 이용해 멧돼지나 토끼를 잡았답니다.

소한 무렵에는 농사일이 없어 한가해요. 그러다 보니 사람들이 게을러지기 쉬워요. 우리 조상들은 이때를 이용해 사냥을 하면서 건강을 관리했어요. 또 병사들은 백성들과 함께 사냥을 하면서 군사 훈련도 함께 했답니다. 사냥을 해서 맛있는 고기도 먹고, 군사 훈련도 하고 이것이 바로 일석이조 아니겠어요?

소한에 사냥을 하는 풍습이 생긴 데에는 또 다른 이유가 있어요. 이 역시 날씨 때문이에요. 소한은 날씨가 너무 춥기 때문에 고기에 기생충 등의 나쁜 균들이 적어요. 이때 먹는 고기는 사람 몸에 해가 없다고 해요. 그래서 소한에 사냥을 하는 풍습이 생긴 거랍니다.

옛날 소한 무렵에 아이들에게 가장 인기 있는 고기가 무슨 고기인지 아세요? 바로 참새고기예요.

　우리 조상들은 소한에 참새고기를 먹으면 천연두에 안 걸린다고 믿었어요. 천연두는 열이 계속 나고 온몸에 종기가 돋는 전염병이에요. 예방 주사가 없던 옛날에는 천연두에 걸리면 피부가 푹 패이거나 심하면 죽기도 하던 병이었어요. 그래서 아이들은 새총으로 참새를 잡기 위해 산으로 들로 뛰어다녔지요.

　특히 경상남도 지방에서는 소한에 새를 잡아먹는 것은 소고기를

먹는 것보다 훨씬 좋다는 말이 전해 내려올 정도랍니다.

예전에는 소한에 많은 사람들이 총을 들고 새 사냥을 다니는 모습을 흔히 볼 수 있었어요. 하지만 요즘은 환경 오염 때문에 주변에서 참새를 보기 힘들어요. 보기도 힘든 참새를 먹는 것은 더욱 어려운 일이랍니다.

겨울을 정리하는 대한

대한은 24절기 중에서 마지막 절기로 양력 1월 20일경이에요. 원래 겨울 추위는 입동에서 시작해 소한으로 갈수록 추어지고 대한이 되면 최고라고 해요. 그러나 이것은 중국의 경우고 우리나라에서는 1년 중 가장 추운 시기는 1월 15일 무렵이에요.

그래서 '춥지 않은 소한 없고 포근하지 않은 대한 없다.' '대한이 소한의 집에 가서 얼어 죽었다.'라는 속담이 있을 정도예요. 즉 소한이 대한 보다 훨씬 춥다는 말이에요.

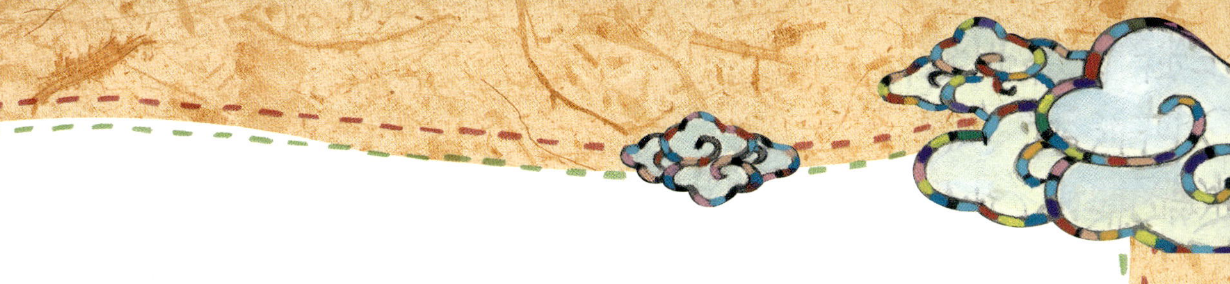

　　우리나라를 비롯한 동양에서는 대한을 겨울을 매듭짓는 절기로 보았어요. 그래서 대한의 마지막 날을 '절분'이라고 하여 연말로 여겼답니다.

　　음력으로 12월을 섣달이라고 하는데, 섣달은 한 해를 마감하는 마지막 달을 뜻해요. 그래서 대한 무렵에는 섣달 그믐날 밤을 새는 '수세', '납향', '묵은 세배' 등의 풍습이 있어요.

　　또 지역에 따라 한 해를 마감하는 행사가 다양하게 펼쳐져요.

　　제주도에서는 이사나 집수리를 비롯한 집 안 손질을 대한과 입춘 사이에 해요. 대개 대한 뒤 5일에서 입춘 전 3일 동안 집 안 정리를 하는데, 이는 묵은해를 보내고 희망찬 새해를 맞이하기 위한 것이랍니다. 대한을 맞은 밤을 '해념이'라 하여 마루나 방에 콩을 뿌려 악귀를 쫓고, 새해를 맞는 풍습도 있어요. 이와 같이 대한에 치룬 풍습을 보면 연말을 잘 보내고 희망찬 새해를 맞이하고자 하는 조상들의 마음이 잘 드러나 있답니다.

교과가 튼튼해지는

우리 것 우리 얘기

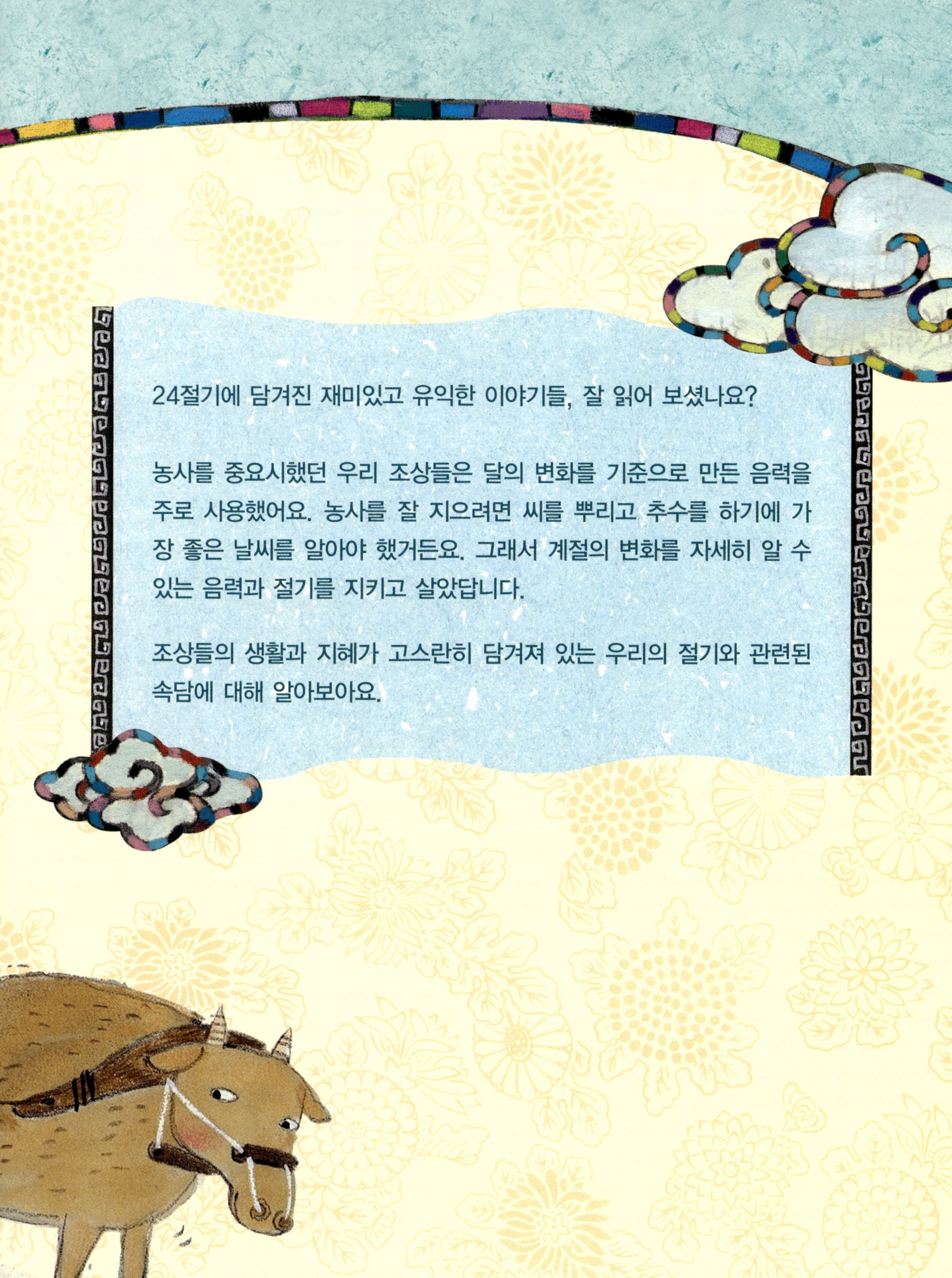

24절기에 담겨진 재미있고 유익한 이야기들, 잘 읽어 보셨나요?

농사를 중요시했던 우리 조상들은 달의 변화를 기준으로 만든 음력을 주로 사용했어요. 농사를 잘 지으려면 씨를 뿌리고 추수를 하기에 가장 좋은 날씨를 알아야 했거든요. 그래서 계절의 변화를 자세히 알 수 있는 음력과 절기를 지키고 살았답니다.

조상들의 생활과 지혜가 고스란히 담겨져 있는 우리의 절기와 관련된 속담에 대해 알아보아요.

봄

입춘
봄의 시작

우수
비가 내리고
싹이 틈

경칩
개구리가
잠에서 깸

춘분
낮이 길어지기
시작

청명
봄 농사 준비

곡우
농사비가 내림

여름

입하 바람에
씨나락 몰린다.

하지가 지나면 발을
물꼬에 담그고 산다.

보리는
망종 전에 베라.

입하
여름의
시작

소만
본격적인
농사의
시작

망종
씨 뿌리기

소만 추위에
소 대가리 터진다.

하지
낮이 가장
긴 시기

소서가 넘으면
새 각시도 모 심는다.

대서 더위에
염소 뿔도 녹는다.

소서
여름 더위의
시작

대서
더위가 가장
심할 때

낙엽 수거용
(퇴비용)
낙엽수거용
(퇴비용)
낙엽수
(퇴비

가을

입추

가을의
시작

처서

일교차 커짐

백로

이슬이 내리기
시작

추분

밤이 길어지는
시기

한로

찬 이슬이
내림

상강

서리가 내리기
시작

겨울

9월 입동 오나락이 좋고,
10월 입동 늦나락이 좋다.

배꼽은 작아도
동지 팥죽을 잘 먹는다.

겨울 보리밭은
밟을수록 좋다.

입동
겨울의
시작

소설
얼음이 얼
기 시작

대설
겨울 큰 눈
이 옴

동지
밤이 가장
길 때

대한이 소한 집에
가서 얼어 죽는다.

소한
겨울 중 가장
추울 때

소한의 얼음이
대한에 녹는다.

대한
겨울 큰 추위

소설 추위는 빚을
내서라도 한다.

〈오십 빛깔 우리 것 우리 얘기〉 시리즈 권별 교과 연계표

 국 국어　 사 사회　 과 과학　 도 도덕　 음 음악　 미 미술
 체 체육　 실 실과　 바 바른 생활　 슬 슬기로운 생활　 즐 즐거운 생활

- 신 나는 열두 달 명절 이야기 — 사 3-2 / 사 5-1 / 사 5-2 / 슬 1-2
- 관혼상제, 재미있는 옛날 풍습 — 국 1-2 / 국 4-1 / 사 3-2 / 사 5-2
- 조상들은 어떤 도구를 썼을까 — 국 2-2 / 사 3-1 / 사 5-1 / 사 5-2
- 옛날엔 이런 직업이 있었대요 — 국 5-1 / 국 6-2 / 사 3-1 / 사 4-2
- 꼭 가 보고 싶은 역사 유적지 — 국 4-1 / 국 4-2 / 사 6-1 / 사 6-2
- 신토불이 우리 음식 — 국 3-1 / 사 3-1 / 사 5-1 / 사 6-2
- 어깨동무 즐거운 우리 놀이 — 국 4-1 / 사 5-2 / 체 4 / 즐 1-2
- 나라를 다스린 법, 백성을 위한 제도 — 사 3-2 / 사 4-1 / 사 6-1 / 사 6-2
- 하늘을 감동시킨 효자 이야기 — 도 3-1 / 도 5 / 바 1-1 / 바 2-2
- 오천 년 지혜 담긴 건물 이야기 — 국 4-1 / 국 4-2 / 사 5-1 / 사 5-2
- 하늘이 내린 시조 임금님들 — 국 6-2 / 사 5-2 / 사 6-1 / 바 2-2
- 세계가 놀란 발명 이야기 — 국 3-1 / 국 5-2 / 사 3-1 / 사 5-2
- 나라의 자랑 국보 이야기 — 국 5-2 / 사 6-1 / 사 6-2 / 바 2-2
- 나라를 지킨 호랑이 장군들 — 국 4-2 / 국 6-1 / 사 6-1 / 바 2-2
- 얼쑤, 흥겨운 가락 신 나는 춤 — 국 6-1 / 국 6-2 / 사 3-1 / 음 3
- 오천 년 우리 도읍지 — 국 4-1 / 사 5-2 / 사 6-1
- 옛날 관청과 공공시설 — 사 3-1 / 사 3-2 / 사 6-1 / 사 6-2
- 옛사람들의 우정 이야기 — 국 4-1 / 국 6-2 / 도 3-1 / 바 1-1
- 빛나는 보물 우리 사찰 — 국 4-1 / 사 6-2 / 바 2-2
- 아름다운 독도와 우리 섬 — 국 2-1 / 국 4-1 / 국 5-2 / 사 4-1
- 본받아야 할 우리 예절 — 국 3-2 / 도 4-1 / 바 2-1 / 바 2-2

오십 빛깔 우리 것 우리 얘기 47

봄 여름 가을 겨울 24절기

초판 1쇄 인쇄 | 2010년 11월 15일
초판 4쇄 발행 | 2018년 12월 19일

글쓴이 | 우리누리
그린이 | 김미정

발행인 | 이상언
제작총괄 | 이정아

디자인 | bysukey.com

발행처 | 중앙일보플러스(주)
주소 | (04517) 서울시 중구 통일로 92 에이스타워 4층
등록 | 2008년 1월 25일 제2014-000178호
판매 | 1588-0950
홈페이지 | www.joongangbooks.co.kr
페이스북 | www.facebook.com/hellojbooks

© 우리누리 2010

ISBN 978-89-278-0138-2 14800
　　　 978-89-278-0092-7 14800(세트)